# 短《ミジカナ》物《モノ》語《ガタリ》

## 西尾維新

NISIOISIN

KODANSHA BOX

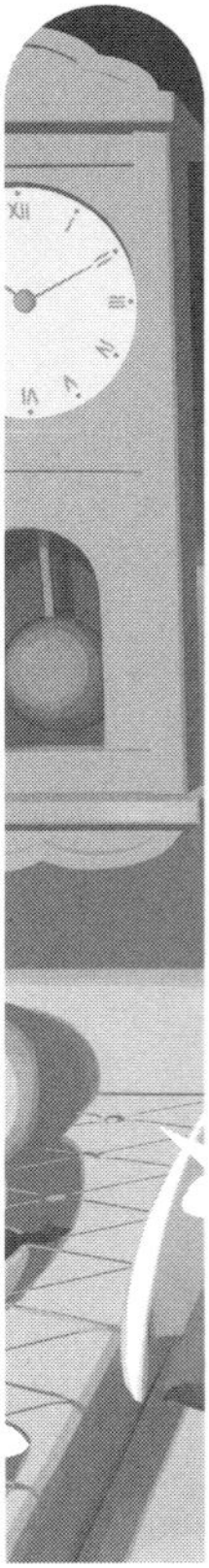

BOOK&BOX DESIGN
VEIA

FONT DIRECTION
SHINICHI KONNO
(TOPPAN PRINTING CO., LTD)

ILLUSTRATION
©VOFAN

本文使用書体：FOT-筑紫明朝 Pro L

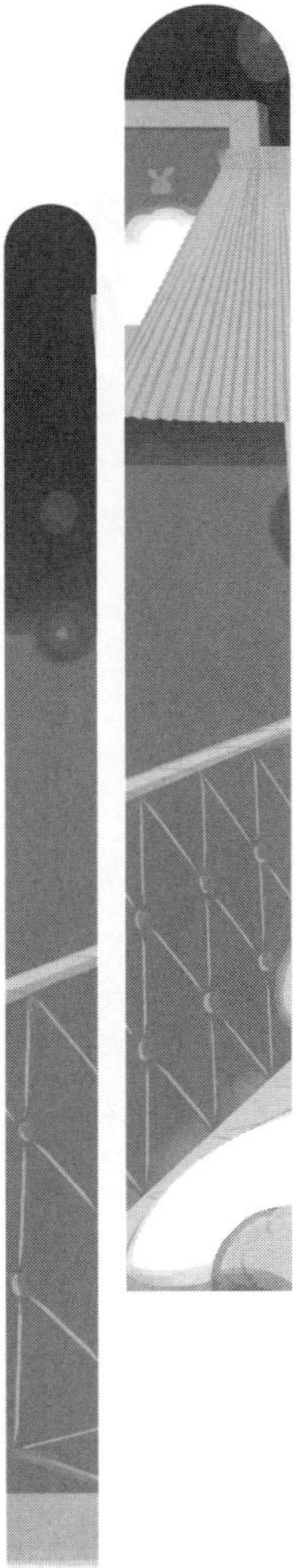



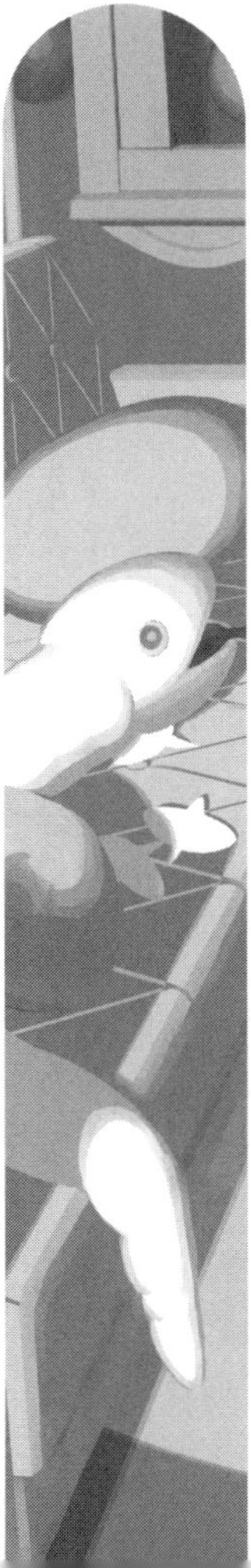

# まえがき

本書に収録されているうちの三十三編は『ひたぎクラブ』から始まる一連の小説群、『物語シリーズ』をアニメ化していただいていた頃に、関連して各所に執筆させてもらった掌編である、通称『短々編《たんたんぺん》』です。本編よりも更に、個々のキャラクター同士のちょっとした対話やちょっとした出来事に重きを置いた、軽妙なやりとりと言ったところでしょうか。二〇一八年、『続《ゾク》・終物語《オワリモノガタリ》』で一度完結を迎えたアニメ物語シリーズが、このたび、オフ&モンスターシーズンという形で再始動の運びになりましたので、これを機会に、モンスターシーズンの第一弾である『忍物語《シノブモノガタリ》』の前日譚とも言える一編『まよいウェルカム』までを、このような形にまとめて、お届けさせていただきます。最初に書いた『ひたぎブッフェ』は、もう十五年近く前のショートショートになりますので、懐かしいを通り越してもはや新鮮ですらあります。まとめるにあたって作中の時系列順に並べ変えてみようかとか、キャラクター別に並べ変えてみようかとか、色々考えたものの、基本的にそのまま執筆順で収録させてもらいました。内容もほぼ当時の通りな感じです。発表時の情勢みたいなものを感じずにはいられませんが、時の流れを読めるのも小説なのでしょう。あるいは、アニメ物語シリーズと、原作小説の間にあるような世界観で書き続けてきた歩みが見られると言って言えなくはないのかもしれません。よければ巻末の初出一覧と照らし合わせながらお楽しみください。ちなみに短々編はその後も、漫画『化物語《バケモノガタリ》』（全二十二巻！）の特装版において書かせていただいておりますし、今後もなんらかの形で書き続けていけたらと思っております。本書にも『よつぎスノードーム』『おうぎロードムービー』『そだちペナルティ』『しのぶトゥナイト』と、初心に返った四編を収録していただきました。それぞれ、直江津《なおえつ》高校在学中の阿良々木《あららぎ》くん、卒業直後の阿良々木くん、曲直瀬《まなせ》大学在学中の阿良々木くん、社会人になった阿良々木くんと言った感覚です。また、『なでこパスト』『しのぶフューチャー』は、オフ&モンスターシーズンのEDテーマ曲を製作していただくにあたって書き下ろした二編です。そのことだけでも感謝と感激は尽きないのですが、この二編の執筆がきっかけとなって本書を出版できたと言っても過言ではないので、感謝と感激は益々《ますます》尽きません。表紙の斧乃木余接《おののきよつぎ》もまた、この二編からイメージしてVOFANさんに描いていただきました。いつの間にか彼女もすっかり物語シリーズに欠かせないキャラクターになりましたね。ありがとうございました！　というわけで短々編を書き続けるためにも本編の次回作、ファミリーシーズン第二弾『接物語《ツギモノガタリ》』を、執筆できればと思っています。主役は誰かな？

西尾維新

# ひたぎブッフェ

## 000

なまじ毎日学校で顔を合わせるものだから、案外戦場ヶ原《せんじょうがはら》と日曜日に会うという機会は少なかったりするのだが、その日は珍しく、しかも昼間から彼女と会う約束をしていた。

というのも、日曜日しか使えないケーキブッフェの無料券なるものを、彼女は父親からもらったらしく、それを活用しようという企画が突如持ち上がったのだ。なんでも庶民には大層敷居の高いスイーツ・カフェらしく、格調を維持するためなのか普段はブッフェなどという海賊的行為はしていないらしいのだが、開店何周年だかの記念イベントだそうである。

ケーキ食べ放題ということで、もしもラインナップの中にドーナツが並んでいたら、忍《しのぶ》が僕の影の中から登場しかねないと危惧しないでもなかったけれど、そもそもあいつは戦場ヶ原の前で外に出てきたことはなかったし、ミスタードーナツ以外のドーナツにはあまり食指を動かさないので（基本的に奴は人間の食べ物を食さない）、安心しておいていいだろう。

あと危惧と言えば、その店の外観が若干、男子が入るには勇気を必要とするデコレーションだったことも僕に大いに二の足を踏ませたけれど、そこはまあ我慢の子である。

戦場ヶ原の嫌がらせとしてはまだ大人しい部類だし、ケーキ自体が相当バリエーションに満ちていて、味もこれまで食べたことがないほどにおいしかったので、その辺りはすぐに気にならなくなった。

うむ、美味美味。

大抵のことは、おいしい食べ物を食べるとどうでもよくなるな。人間がいかに食欲に支配された生物であるかということを実感できる。

いや、それは吸血鬼だって同じことだけれど。

「戦場ヶ原。お前、太った？」

で。

一息ついたところで、ふと思ったことを言ってみた。

最近はあんまりバラエティ番組でもそういうのはないんだっけ、まあでもわかりやすいたとえなので使ってしまうが、次の瞬間、パイ投げのパイのごとく、ショートケーキが僕の顔面めがけて飛んできた。

お客さんがたくさん食べられるようになのか、それとも元々そういうデザインなのか、ショートケーキと聞いて一般に想像するサイズよりも随分ミニサイズだったので、幸いそれは、僕の顔や服を汚すことなく、そのまま僕の口に収まった。

ダイレクトな食事である。

「は？　何かほざいた？　阿良々木《あららぎ》くん」

戦場ヶ原の目の、瞳孔が開いていた。

無表情だけに超怖い。

「女の子は太ったりなんかしないわ」

「え……そうなの？」

「ええ。女の子は増えるのよ」

フォークを手にとって、あてつけのように、戦場ヶ原はテーブルの上にあらかじめ取り置いてあったケーキを端から順に、更にペースアップして食べ始めた。

「太ったのではなく、増えたのだと考えなさい」

「…………」

すげえ解釈だ。

「こうやっていっぱい食べて、そのうち私が二人分になってあげるわ」

「色々怖いよ」

解釈も怖いし、お前が二人いるっていうのも怖いよ。

「つーか、お前、元が細過ぎるから、ちょっとでも体重が増しただけで肉が目立つんだな」

「肉が目立つとか言うな」

戦場ヶ原さんはフォークを構えましたよ。

彼氏の僕に対して。

……まあ、ちょっと前までの戦場ヶ原なら、容赦なく最初から、ケーキではなくそちらを投擲《とうてき》することで僕を攻撃してきただろうことを思えば、彼女も随分穏やかになったものである。

丸くなったとは言わない。さすがに。

「そもそも阿良々木くん、女子に対して体重の話を振るなど、デリカシーがなさ過ぎるわよ」

「ん」

言われてみればそうか。

いやまあ、戦場ヶ原が本当においしそうに、ケーキをばくばくと、僕にも紅茶にも目もくれずに食べているのを見て、ついついちょっかいをかけたくなってしまったのだ。

この鉄面皮ちゃんあるいは鉄仮面ちゃんが、少しだけだけども、顔をほころばしてたんだぜ。

いたずら心も芽生えようというものだ。

「確かに最近の私は、ちょっぴり体重が増したと、言えなくもないけれど」

「ああ。本当にそうなんだ」

気のせいかとも思ったけど。

僕の視覚も案外あなどれない。

「ええ。具体的には五キロくらい」

「結構増えてねえか、それ⁉」

五キロって！

それ、蟹に憑かれてた頃のお前の体重と一緒じゃん！

そういう意味では、本当に一人分増えている。

「いいじゃない。最近は飛び出す映像とかはやってるみたいだし」

「いやどうだ。肉が飛び出したらまずいんじゃないか」

「うるさいわね。あなたの内臓を飛び出さすわよ」

とんだ内臓脂肪である。

そんな3Dは嫌だ。

うーむ。

さすがにそんなに太った……もとい、増えたようには見えないけれど、うーむ。

「お前、やっぱ陸上部に戻ったほうがいいんじゃないのか？　スタイルを維持できてねーじゃん」

「むむ」

昔の話、特に中学生時代の話を持ち出されるのを殊更《ことさら》嫌う戦場ヶ原だったが、このときばかりは思うところがあったのか、反論もなく思案するような顔をしたのだった。

「ただまあ、一つ言い訳をすると」

言いながら、しかしケーキを食べ続ける戦場ヶ原。

「こんな風に、好きなものをおなかいっぱい食べられる人生というのは、ちょっと前までの私では考えられなかったから、嬉しくてね」

「うん？」

「ほら。例の蟹さんのせいで、体重がなかったじゃない――私。だから、着る服の重みを制限していたように、食事量も制限していたのよ」

食べ過ぎたら――重いから。

戦場ヶ原はそう言った。

「ああ……」

頷く僕。

なるほど。

元が細過ぎる――という理由は、そんなところにあったわけだ。

そもそも、戦場ヶ原の身長は女子にしてはかなり高めだし（僕より高い）、五キロ増えたところで、実際はまだまだ、彼女のウエイトは標準体重には足りていないままなのかもしれない。

「好きなものがおなかいっぱい食べられるというのは、いいわ。好きだって、実感できるもの」

戦場ヶ原は、繰り返して言う。

「何かを好きでいるときは、私は少しだけ救われたような気持ちになれるのよ。私自身は色々と踏み誤った人間かもしれないけれど——でも、少なくとも素晴らしいものを素晴らしいと思えるだけの感性を持っているんだと思うと、自分で自分を、少しだけ許せる」

「許せる——」

救われる。

いや——それは僕にもわかる。

わかると言うより、身につまされる。

あるいは逆なのかもしれない。

何かを好きになることでしか救われることもなく許されることもないのが、僕や戦場ヶ原のような人間なのかもしれない——

「好きなものを好きでいる自分が好き、とか、恋に恋する女の子、とか、そういうフレーズって概ね否定的な意味合いで使われがちだけど——それの何がいけないのって、私は思うわ」

そんなのは、自分を嫌いになったことがない人間の物言いよ——と、彼女は言う。

「かもしんねーな。……ただそれはケーキを食べ過ぎる言い訳にはならないと思う。ものには限度というものが」

「そうね」

頷きつつも手を止めない戦場ヶ原。

そもそも戦場ヶ原家は経済状態が芳しくないので、こういう機会にたっぷり食べておこうという姿勢もあるのかもしれない。

まあデリカシーがないついでに言ってしまえば、僕的には女子はふっくらしているほうが気持ち可愛いと感じるので、なんならもう二キロくらい増えてくれてもいいと思う。

「神原《かんばる》と一緒にジョギングでもしようかしら」

「やめておけ。あいつのダイエット術は常人に真似できるものじゃない」

「ところで、言いながら阿良々木くんも結構食べてるじゃない。宣告しておくけれど阿良々木くん、あなたのBMI値が20を超えたら、私は躊躇《ちゅうちょ》なく別れるわよ」

「基準が厳し過ぎねえか」

20って。メタボリック症候群より厳しい。

「あ、でもその辺は大丈夫だと思う」

「？　えらく自信たっぷりね。どうして」

「いや、僕も最近気付いたんだけど、吸血鬼体質の数少ないメリットって言うか。吸血鬼の特性が肉体を健全な状態に保とうとするから、一定の数値を超えると自然にベストウエイトに戻るらしくって、つまり僕は太らないみたいなんだ」

からーん、と。

戦場ヶ原がフォークを取り落とした。

愕然《がくぜん》とした表情である——て言うか何だその顔、見たことねえ。

無表情キャラが崩壊している。

「ま、まあ、あくまで後遺症だから、神原ほど絞れるわけじゃないんだ。太るところまでは太るだろうし。だからあいつが羨ましいことには変わりない——って、戦場ヶ原さん？」

「なんと妬ましい……」

すげえ目で睨まれた。

「そんな反則的な技、私は絶対に認めない……そんな体質でありながら、私の増加を上から目線で責めていたとは……」

「い、いや、別に責めてはいませんよ？」

「いいわ、見ていなさい。怪異に頼る阿良々木くんに、人間の可能性を見せてあげる。増えた分の私をあっという間に減らしてあげる——ここに戦場ヶ原ひたぎ減量計画の発動を宣言するわ」

「げ、減量計画……」

ダイエットじゃなくて？　大仰だな。

「ええ。これを食べ終わったらすぐに作戦開始よ！」

言って戦場ヶ原は、ばくばくと、ケーキを手づかみで食べ始めた（フォークを落としたので）。すさまじい気迫で僕の取り置きケーキまで食べてしまう彼女。

とりあえずこの場のケーキは食べ終わろうという辺りがやや心配な意志力ではあったものの、でも、無表情ながらも、ケーキのスポンジと一緒に、好きなものを好きでいられる幸せもかみ締めている戦場ヶ原に、二度も水を差す気にはなれなかったし。

戦場ヶ原が幸せなら、ケーキを食べるまでもなく、僕は幸せだった。

今日は最高の日だと、そう思えた。

……ちなみに後日談を報告しておくと、戦場ヶ原はその後、神原のトレーニングに本当に同行し、冗談みたいな短期間で見事、減量を成し遂げたのだった。

やはり彼女の根性だけは侮れない。

# まよいルーム

# 000

その日曜日、僕は自分の部屋で頭を抱えていた。

「やっべー。どうすんだよ僕。こんなことしちまって……あー。取り返しつかねー。馬鹿だ馬鹿だと思っちゃいたけど、まさか僕がここまで馬鹿だったとは。自分で自分のフォローができねえ」

後悔の言葉をぶつぶつと、うわ言のように呟きつつ、僕はこわごわと顔を起こし、ベッドの上へと視線をやる。

視線に込められた気持ちは、もちろん、『幻覚だったらいいのになー』である。

そうだよ、夢じゃないのかな、これは。

こんなことが現実にあるわけがないもん。

「諦めさん」

と。

ベッドの上で、行儀よく体操座りをした幻覚が、僕に話しかけてきた。

「どんなに救いを求める目で見たところで、わたしは消えてなくなったりしませんし、目が覚めることもないですよ、諦めさん」

幻覚。

もとい、八九寺《はちくじ》真宵《まよい》が。

「……いや、確かに今の僕に、それくらい相応しい名前はないけれど、正しく名は体を表しているともう現状諦めるしかないけれど、しかし八九寺、僕の名前は阿良々木だ」

「失礼。噛みました」

「違う、わざとだ……」

「噛みまみた」

「そうか、わざとじゃないのか……」

「嚙み飽きた」

「そりゃそんだけ何度も嚙んでりゃなあ……」

いつものやり取りにも覇気がない。

そりゃそうである。

何せ今僕は、春休みやゴールデンウィークさえも比べ物にならないほどの、かつてないスケールで人生の瀬戸際に立たされているのである。

顔を膝に埋めたくもなるというものだ。

八九寺が部屋にいる。

小学五年生が部屋にいる。

あろうことか。

さて、この現状を説明するためには、時計の針を少しばかり巻き戻さねばならない——そう、それは一時間ほど前のことだった（本当に少しだ）。

受験勉強の息抜きとばかりに、なんとなくサイクリングに出かけてみたら、道中、リュックサックを背負った後ろ姿、ツインテイルの小学五年生を発見したのだ。

「おお、八九寺じゃないか。久し振りだな」

そう思ったところまでは憶えている。

と言うか、そこまでは正気だった。

が、その直後、僕は何かに導かれるように、八九寺のところへと駆け寄って、その矮軀《わいく》を抱え上げ、彼女を自転車の後部座席に縛りつけ、そのまま家に持って帰ってきたのだった。

「……誘拐じゃん」

犯罪者になってしまった。

しかも未成年者略取である。

およそ考えうる限り、人類のなしうる最低の犯罪のうちのひとつじゃねえか。

「略取っていう言葉、嚙みやすそうだよな……あはは」

早くも思考が現実逃避を始めていた。

意外と脆《もろ》い精神構造をしている僕である。

「違う、僕が悪いんじゃない……、八九寺が可愛過ぎるのが悪いんだ……、そう、言うなれば僕は被害者なんだ」

「最低の言い草ですね、阿良々木さん」

リュックサックを背負ったまま、ベッドの上で、むしろ「いつかわたしがらみで何かの罪を犯すだろうとは思っちゃいましたけれど、とうとうやっちゃいましたね」的な目で僕を見ていた八九寺が、そこで「はー」と、大仰に嘆息してみせ、それから、

「あなたは相変わらず滅茶苦茶ですねー」

と言う。

「道に憑く幽霊であるこのわたしを、おうちに持って帰ってきてしまうなんて。あまつさえ部屋に連れ込んでしまうだなんて。怪異のルールを完全に無視しちゃっています。忍野《おしの》さんを驚かせるのはわたしではなくあなたですよ」

「え。でも、お前って地縛霊から浮遊霊に二階級特進したんだから、もうどこにでも自由に行けるようになってんじゃねーの？」

そう思っていたけれど。

「わたし自身の基本設定はそんなに変わらないですよ。人間と同じで、そこまでの自由度はないです。『どこにも辿り着けない』という、迷い牛の例の縛りがなくなっただけで。迷子でなくなったというだけで」

「ふうん」

「吸血鬼は、他人の家に入れないっていいますよね。住人の許可がないと扉を開けることができないとか──まあ、それと似たような感じです。わたしの場合、道が住処なんですよ」

「ふうん……道ねえ」

道祖神みてーなもんか？

そういや、そういうもんだと思って特に意識はしていなかったけれど、八九寺とは、迷い牛事件以後も、道路でしか会ったことなかったな。

「こういうネタバレの会話ができるのが、番外編のいいところですよね」

「メタなことを言うな。いや、滅多なことを言うな。番外編で逮捕されるかもしれない立場になってしま

った僕の身にもなってみろ」

「大丈夫ですよ。わたしが言うのもなんですけれど、十年以上も前に死んじゃってる幽霊を拉致監禁したところで、犯罪にはなりません」

「最近はなるかもしれねーんだよ……」

実在していないキャラクターの人権も守ろうという気運は、日に日に高まるばかりなのだ。

「まあいいじゃないですか。こうなってしまった以上、運を天に任せましょう。わたしもこうして男子の部屋に遊びに来るのは初めてですし、部屋デートと洒落込みましょう」

「部屋デートですか」

ふむ。

まあ、そうだな。

済んでしまったことは仕方がない、諦めよう。

諦めさんだ。

「トランプでもしましょうか。大富豪とか」

「お、いいね。だったら妹二人を呼んでこよう」

「救急車ルールありでいいですよね？」

「そんなローカルルール知らねえよ！」

と言うか、火憐《かれん》と月火《つきひ》には、八九寺は見えないだろう（し、見えたとしても八九寺を紹介できない）ので、大富豪はそもそもできないが。

八九寺もきっとわかってて振っている。

「しかし阿良々木さんの部屋は殺風景ですねえ。整理整頓が行き届いているというより、これはなんだか、殺伐としていると言ったほうが的を射ているような気がします」

「失礼なことを言うなよ」

「で、エロ本はどこに隠しているんですか？」

「神原と同じことを言うな！」

「まさかこのベッドの下に……エロ本の真上にわたしを座らせることで興奮を味わっているのだとすれば、あなたは類稀《たぐいまれ》なる変態ですね」

「僕はそこまで類稀じゃねえよ！」

極めてノーマルだ！

と言うか、いつ妹達に部屋に侵入されるかわからない身としては、そんなスタンダードな場所に秘蔵の書を隠すわけにはいかない。

「へえ。じゃあ、どこに隠してるんですか？」

八九寺からの問いかけに、僕は誇らしげに、にやりと笑って胸を張って答える。

「意表を突くというのがどういうことなのか教えてやるぜ、八九寺……僕の現在のエロ本の隠し場所は、妹達の部屋の中さ！」

「…………」

八九寺が実に引いていた。

いつでも（誘拐されても）、にこやかに僕を受け入れてくれる八九寺が、モノホンの変態を見る目になっている。

「それじゃあさすがの神原さんも見つけられないわけですよね……えーっと、阿良々木さん。あの、何ていうんでしょうか……、近寄らないでもらっていいですか？」

「ベッドの上で震えて怯えないでくれ」

画的に酷い。

「二期があるとか劇場版があるとか、そんな噂もございますけれど、阿良々木さんがそのキャラを改めない限りは夢の夢ですね」

「ふっ。悪いが僕は僕らしさを捨てたりはしないぜ」

「だからその僕らしさが犯罪なんでしょうに。……ま、ベッドの下にそんな変なもんがないというのなら、いいでしょう」

「？　いいって、何が？」

「いえですから、寝床として」

よっこらしょ、と、体操座りを崩し。

八九寺は、そう言えば僕の知る限り初めてリュックサックを背から下ろし（アニメでは下ろしていたけれど）、そしてその蓋を開け、中身を探り始めた。

「すいません、阿良々木さん。ちょっと着替えるんで向こう向いててもらえますか？」

「え、何それ。振り？」

「違います」

強く言われた。

やむなく従う。

しかし着替える？　何に？　どうして？

そう言えば前に千石《せんごく》が部屋に来たときに似たようなシチュエーションがあった、とするとなんだ、振り返ったとき、八九寺は手ブラにブルマーという例のデザインになっているのかと思って、わくわく、もといどきどきしたけれど（言い直してもあまり印象が変わらない不思議）、しかしいつまでたっても「もういいですよ」の一言がない。

鶴の恩返しに登場するお爺さんお婆さんの気持ちで、我慢できずに振り向くと。

「…………」

左右の髪をほどいたパジャマ姿の八九寺が、ベッドですやすやと寝息を立てて、眠っていた。

リュックを下ろし、髪を下ろした八九寺は——

もう、ちっとも、蝸牛《かたつむり》に似てはいなかった。

可愛らしい、歳相応の女の子である。

「ああ、そう言やお母さんの家に行く途中だったんだっけ……だったらリュックの中には、寝巻きくらい入ってるよな」

それに——歩き通しだったのだ。

十年以上。

実年齢以上にずっと、歩き通しだった。

ならばさぞかし——疲れたことだろう。

「んじゃま、ゆっくり休め。ぐっすり眠れよ」

寝床くらい、いくらでも提供してやるから。

安らかそうに、幸せそうに眠る八九寺の寝顔。

そんな寝顔に僕はすっかり幸せな気持ちになり。

今日を最高の日だと思えたのだった。

……ちなみに後日、この犯行は羽川《はねかわ》に露見することとなり、僕はとても残酷な仕打ちを受けることになる。

永眠するかと思いました。

# するがコート 000

ついに神原と決着をつける日がやってきたと思えば、その日は日曜日だった。まあ紙幅もないのであえて詳しくは述べないが、最近の彼女は、もう目に余るというレベルを超越している。僕はともかくとして、戦場ヶ原にまで迷惑を及ぼしていることを思えば、事態はいよいよ深刻と言えよう。手遅れにならないうちに、一度お灸を据えてやるのが、正しい先輩のありかたである。

この辺りで先輩としての威厳を示さないと、示しがつかない。

で、そんなわけで、決闘である。

僕は神原に果たし状を書いた。

いやマジで書いた。

毛筆で。

こういうのは気分が大事だとばかりに、ホームセンターに行って用具を一式揃え、久々に硯《すずり》で墨を擦った。なかなか思うような字が書けず、それだけで土曜日のほとんどを消費してしまったけれど、まあそれはよしとしようじゃないか。

指定した対決場所は町外れのスポーツセンターで、そして対決種目はバスケットボール、即ち神原の得意分野である。

否、得意分野というより、全国区クラスの彼女にしてみれば、それはもう本拠地と言っていいだろう――ふふ、数学対決にでもしておけばまだ勝ち目はあるのにって？

確かにそれなら勝てるかもしれないけれど、それじゃあの後輩に反省を促せないじゃないか。

僕の目的は勝つことではなく、神原に普段の行いを猛省させることにあるのだから、対決種目はむしろ彼女にアドバンテージのあるものでなければならないのだ。

そう。

1on1で、僕は神原を倒す!

「……あれ。阿良々木先輩、やけにスポーティな格好をして来たのだな」

そんな風にいき込んで、気焔を上げて待ち合わせ場所に来た僕を出迎えたのは、ヒール系の靴にふりふりのスカートを穿いて、レースのあしらわれたブラウスなんかを着、髪にはピンクのリボンなんかをあしらって、正確にはゴスロリとは違うのかもしれないけれどとにかくゴスロリっぽく、過度に装飾された感じのファッションに身を包んだ神原さんだった。

左手の包帯と絶妙にミスマッチ。

「…………」

火憐に見立ててもらったバッシュを履いて、ハーフパンツにタンクトップのシャツ、あまつさえ頭にタオルを巻いて現れた僕とは対照的というか、二人でこうやって並ぶことで、なんだかコスプレコンビみたいになってしまった。

いやいやいやいやいや。

僕一人ならどうってことないだろ。

「えーっと、あのー、神原さん。つかぬことを、と言うか愚にもつかぬことをお訊き致しますが、その珍しい格好はなんでしょうか」

思わず下手に出てしまう僕。

「あなたスカートとか穿くキャラでしたっけ?」

「?　いつもスカートだろう。制服だし」

「そう言われればそうだが……」

「まあ気を張ってお洒落してみたのは確かだがな。何せ、阿良々木先輩と二度目のデートだし」

「…………」

果たし状の意図が伝わってなかった。

こいつは人の話を聞かないだけじゃなく、人の文面も読まないらしい。

　なんだったんだ、最終的には妹達との羽根突きにまで及んだ、昨日の墨との戦いは。

　メールで済ませばよかった。

「いやさすが私の阿良々木先輩。袖のない服の似合いようといったらないな。ない袖は振れないという諺があるが、阿良々木先輩ならない袖さえも振ってしまいそうだ」

「それは本当に褒めてるのか？　あと、さすがにお前のものになった憶えはねえ」

「私の尊敬する阿良々木先輩、を略したのだ」

「略すな」

「阿良々木先輩に対してスタイリッシュだと褒めたところで、それは真っ当過ぎて決して褒めたことにはならないから、逆にお世辞やお追従でこんなことを言っているのだと誤解される心配がないから安心して言えるけれど、いや、実際なかなかいないぞ。そんな格好よく、頭にタオルを巻ける人は」

「それは本当に褒めてないよな⁉」

「そのスタイルで家から来たというのはすごい度胸だと、本気で感心する」

　にこにこして言う神原。

　本人的には、これでマジで褒めているつもりだというのだから、お灸の据えがいもあるというものだ。

「で、今日はどんなデートをするのだ？　何デートをするのだ、阿良々木先輩」

「頼むから手紙の一行くらい読んで来てくれ。こんなスポーツセンターに来て、バスケ以外にすることがあるか」

「他にも色々あるとは思うが……、ああ、なるほど」

　神原は頷いた。

「そんなこともあろうかとバスケットボールを持ってきてよかった」

「確信犯じゃなくてか⁉」

　とことん読めない後輩だった。

　そして僕達は受付で使用料を二時間分支払い（デ

ートではないので割り勘だ）、片面コートを借りた。ふたりだとそれでも広過ぎるくらいである。

ウェアのレンタルもしていたけれど、神原は「このままがいい」とのことだった。正直な気持ちを告白すれば、活動的な神原にゴスロリファッションはあまり似合っているとは言いがたいのだけれど、どうやら本人的にはそれくらいのお気に入りらしく、脱ぎたくないらしい。

まあ。

そんなファッションで僕の相手をしようとは馬鹿にされたものだけれど、しかしいちいちそんなことに目くじらは立てまい。

第一神原が服を脱ぎたくないなんて、とても珍しいことじゃないか——それもいつまで持つかわからないがな！

ダブルスコアになったところで脱ぎたいと言ってももう遅いぜ？

「えーっと。じゃあハーフコートで、オフェンスとディフェンスを定めない、シュートを入れたほうの得点とするストバス方式にしようか、阿良々木先輩」

「好きにするがいい。ルールくらいは決めさせてやろう。シュートを決めさせてはやれないんだから」

「それはあまりうまくないな」

神原からまさかの駄目出しが出た。

が、これから圧倒的勝利を収める立場なのだから、それさえも許してやれる寛大な気持ちでいなければなるまい。

ところで、どうして、バスケットボールという神原のフィールドで戦うにもかかわらず、僕がこうも自信たっぷりなのか、ひょっとしたら不思議に思う向きもあることだろう。

まあ、それについてもあえて多くは語るまいが、ただひとつ、僕は昨日、神原の家に果たし状を届けに行ったあと、たまたま！　本当にたまたま、特に理由はないけれど、忍におやつ代わりに血を飲ませてやっているので、身体能力が普段より格段に向上していることと、それは無関係ではないとだけ言っておこう。

卑怯？

かもしれない。

だが、後輩のためにあえて魔道に身を落とす僕という立場に酔うことで、その辺の認識は曖昧にぼかしておくことにした。

「さあ神原！　勝負だ！」

「応！」

そして僕はドリブルで、神原に切り込んだ——そのあとのことはよく憶えていない。

八九寺を見かけたときとかによく発病する僕の持病、即ち最近はやりの記憶喪失という奴だ。

え、もうはやってない？

まあその辺りのことも含めて忘れたのだ。

確かなのは、二時間後、スコアボードが１２０対０の、ダブルスコアどころか、スコンクを示していたということである。


バスケでスコンクって。

ありえるのかよ。

「いや、零敗と日本語で言えば、なんだか負けてないみたいな気分になれる……」

「阿良々木先輩も意外とポジティブだな」

動きっぱなしで、さすがに汗をかいている神原が、コートにうなだれる僕に話しかけてきた。見れば彼女は右手だけでボールを持っている。どんな握力なんだよ。

「それに、二時間、私とプレイし続けられるとは大したものだ。いや、慰めに聞こえるかもしれないが」

「……そう思うのなら少しは手加減とかしろよ」

１２０対０って。

一分あたり一点取られてる——という言い方をすれば、逆に多少は健闘したみたいな風に聞こえなくもないのだろうか。それともこれも無駄にポジティブなのだろうか。思考がぐるぐるする。あと視界も。

「手加減だなんて」

神原は笑う。

「折角、久し振りに全力でバスケットボールができるのに、そんなこと」

「…………」

「左手がこんなことになってしまっている私の相手をできるのは、吸血鬼の力を付与された阿良々木先輩くらいのものだからな」

ありがとう、と。

神原は片手にバスケットボールを持ったまま——深々と、頭を垂れた。

そうされて、僕は何も言えない。

やれやれ。

本当に、なんでもかんでも自分にいいように解釈しやがって、この後輩は——随分長い間バスケットボールから離れているお前が最近なんだか元気がなくて、なのに相変わらず元気に振る舞うお前の態度が目に余って、戦場ヶ原が心配してるなんてこと、僕は少ししか、思ってねえっての。

バスケットボール部のエースのプレイが真近も真近の特等席で見れたんだ。先輩相手にまったく容赦のないダンク、そして彼女の生き生きとした幸せそうな笑顔が見れたんだから——

僕も幸せな気持ちになろうというものだ。

欲を言えば、そりゃあ勝ちたかったは勝ちたかったんだけど、ま、それでも、今日は最高の日なのだろう。

……ちなみに、大胆に動き回った彼女のスカートの中身がどんな風だったのか、僕はうっかり見てしまったけれど。

それはここだけの秘密である。

# なでこプール

# 000

千石が水泳を教えて欲しいと言うので、その日曜日、僕は果たしていつ以来だろう、市民プールを訪れることになった。さすがに自転車ではちょっとしんどいという距離だったので、バスをいくつか乗り継ぐ形になる。

「しかし千石、泳げるようになりたいと言うのなら、神原とか火憐ちゃんとかに教わってもいいんじゃねーのか？」

バスの中、二人掛けの椅子で隣り合ってから、道中、僕がそんな風に訊くと、

「そ、そうだけど」

と千石は口ごもった。

「神原さんや火憐さんの貴重な時間を、撫子《なでこ》のために使わせちゃったら申し訳ないし」

「……………」

なんだろう、その卑屈な態度は。

と言うか僕の時間は使わせちゃっていいのか。

そうは見えないかもしれないが、これでも一応、受験生なのだが。時は学歴なのだが。

「それに、暦《こよみ》お兄ちゃんも、泳ぐのは得意なんでしょう？　この前、そう言ってたよね」

「まあ自慢するつもりはないけれど、少なくとも苦手ではないな」

女子中学生を相手に見栄を張っているのではない。本当である。

「子供の頃はあの妹達に連れられて、川で泳ぎまくっていたものだぜ。あいつらからは河童と呼ばれ尊敬を受けていたくらいだ」

「うん、格好いいね！」

珍しく、力強い頷きを見せる千石。

「撫子の尻子玉も取って欲しいな！」

「…………」

この子のセンスはたまに独特だな。

河童というニックネームを格好いいと言うところまで含めて（突っ込んで欲しかった）。

あるいは神原の奴が、千石をこんな風に教導しているのかもしれない。だとすればあの後輩を一度、きつく締め上げておく必要がありそうだ。

「千石は泳げないのか？」

「うん。暦お兄ちゃんに泳ぎを教えてもらうために、撫子は泳げないんだよ」

「なんだその理由」

本末転倒的な。

「学校の授業でもビート板を使って泳いでるんだ」

「……それ、画的にはたぶんぎりぎりだな」

常にヴィジュアル化に関し、危険の伴う少女だった。

まあそんな、益体もない会話をしながら、目的地である市民プールに到着。郊外とは言えちゃんとした舗装道路なので、そんなにバスが揺れた覚えもないのだが、隣に座る千石がやけに僕に身体をぶつけて寄りかかってきて、その頃には僕は片肩を若干痛めてはいたけれど（とんだショルダータックルだ）、泳ぎに支障を来《きた》すほどではない。

入場券を買って、受付で一旦千石と別れる。

更衣室に入る前から既に塩素系の匂いが漂っていて、そして中に入ってみれば、その香りは更に強くなる。懐かしいと言えば懐かしい——川はともかくとして、市民プールに限らず、プールそのものが、第一久し振りだし。

僕が現在通う私立直江津《なおえつ》高校は、進学校ゆえなのかどうなのか、プールがそもそもないので、高校生になってからこっち、そう言えば泳いだことがないのだ。

そういう意味では僕は水泳動作についてかなりの

ブランクがあるわけで、まったく不安がないわけではないのだけれど、まあでも、自転車の乗り方と同じで、泳ぎ方っていうのは一度憶えたら、忘れるようなもんじゃねーからな。

千石に僕のバサロ泳法を見せてやろう。

自慢するつもりはないとは言っても、たまにはそんな誇らしい思いをしてもいいじゃないか。千石は僕を尊敬してくれる数少ない人間のひとりなので（ちなみにこのカウントに神原は入れていない）、こういう機会は大切にしていきたい。

昨日月火の見立てでデパートで買ってきた、ハーフパンツみたいなデザインの水着に着替え、荷物をコインロッカー（百円玉が返って来るタイプ）に預けて、鍵を手首に巻きつけてから、僕はプールに向かう。

プールへの入り口でシャワーを浴びせられる。

小学生の頃、よくこのパートで『滝に打たれる修行僧』ごっこをしたものだなどと、比較的トラウマに近い不要な記憶を回想しつつ通り過ぎて、そしてその先に、8レーンの50メートルプール。

無駄に本格的。

税金の使い道としては、はなはだ浪費と言えよう。

日曜日ゆえにがらすきとまでは言わないにせよ、かなり人もまばらだし――しかし。

しかし。

そのまばらな、広い施設に点在する形の皆さんは、今、心をひとつに、一点を集中して見ていたのだった。

僕の視点も自然、そこに引き付けられる。

正確に言えば、そこにいる少女――千石撫子に引き付けられる。

男子の僕より着替えが早いってすげーな、鈍そうに見えて案外機敏なんじゃないのこの子、あ、ひょっとしたら最初から下に着てきてたのかな、なんて感想を持つ間もなく――引き付けられる。

「…………」

千石と二人でプール、その文言から何を連想するかと言えば、やっぱりそれは、千石のスクール水着姿に他なるまい。

いやその考え方も大分神原に毒されている気がするけれど、まあまあ女子中学生を相手にする上では真っ当な発想のはずだ。

が、千石の姿はその予想を裏切った。

彼女はスクール水着ではなかった。

もう少し具体的に言うと、彼女が着用しているのはスクール水着ではなく、非常に布面積の少ない、あっちこっちが紐みたいになっている、グラビアでも見たことがないような過激なビキニだった。

限りなくヌードに近い。

昨今水泳業界では、水の抵抗を極力減らすために全身を覆うボディスーツのような水着が台頭し、果たしてそれは水着と言えるのかどうかと大いに物議をかもしたものだが、そういう風潮の真逆を行くような、実にアンチテーゼ的、世間に一石を投じるデザインである。

世間に千石を投じるという新しい諺が生まれかねない、酷い裏切りと言えよう。

「あ……暦お兄ちゃん」

さすがに泳ぎやすいようにだろう、前髪を垂らしてはいなかったけれど（軽くおさげに結わえている）、しかしやっぱり俯き加減に目を伏せ、所在なさそうにしていた挙動不審気味の千石が、立ち止まって一歩も動けない僕を発見し、ほっとしたような顔で、とてとてとこちらに寄ってくる。

こっちに来んなと危うく言いかけたけれど、すんでのところで思いとどまる僕である。

「うわあ、暦お兄ちゃん、すっごく筋肉質だね。素敵」

「お、おお」

僕の肉体の感想を述べる千石に、うまく応えられない僕。

余談だが、僕の肉体美は吸血鬼性によるものなので、これは何の自慢にもならない。ドーピングみたいなものだ。

「それに水着も格好いい」

「ああ……いや、こんな水着、あまりに普通で申し訳ないというか……まあ、昨日買ったんだけど」

「へえ！　撫子もだよ。撫子も昨日買ったんだ。どう？　どうかな？　この水着。撫子、ちょっと冒険してみたんだけど」

「うん……確かに、それはちょっとした冒険だな」

言葉に詰まり、思わず轟轟《ゴーゴー》戦隊ボウケンジャーのリーダー的な返しをしてしまう僕である。

真実、それは、ダイの大冒険より大冒険な水着だ。

どこで買ったのだろう。

少なくともデパートには売ってなかったと思う。

つーか中学生にこんなもん売るな。

直視できず、僕は思わず目を逸らしてしまう。

さっき、プールに来ている人がみんな千石を見ているみたいなことをいきおい言ったが、そういう意味では、誰も見ていない。

あれは見ちゃあ駄目なんじゃないのかというような感じで、全員の視線が気まずく泳いでいるのだった。

プールだけに。

立地条件的にそもそも家族連れが多い施設だから、それもさもありなんである。夕食時の家族団欒中に、テレビでラブシーンが流れてしまったような？　いや、色気というより、犯罪の匂いが限りなくするので、かかわり合いになりたくない的な空気がプール内に流れている。

流れるプールでもないのに。

実際、まだ成長過程にある千石の身体の肉付きは非常に薄いので、あばらの辺りだったり、腰のあたりだったりは骨が浮いて見えて、あるいは別に鍛えているわけでもない弱々しい腹筋が、それでもはっきり皮膚一枚下に浮き出ていたりで、なんかこう、見ていて痛々しい。

どう、と訊かれても、僕の素直な感想は「なんだか可哀想」である。

「……どう？」

千石が繰り返し、訊いてきた。不安そうな瞳で。いや。

でも可哀想、とはとても言えない。

千石の瞳からは、ひょっとして自分は大冒険ではなく大失敗をしたのではないかという焦燥が、あらん限りに見て取れる。今にも泣き出してしまいそうだ。

これはいけない。

千石の中学生日記に、悲しい思い出が刻まれてしまう。

ファッション選択のミスというのは、女子にとってはかなりの痛手、大ダメージじゃないか。

ああ、僕はなんて馬鹿野郎なんだ。

内気な女の子の、大胆になりたい、変身したいという乙女心を、どうして僕は理解してやれないのだ。

考えてみれば。

蛇に巻き憑かれた彼女のエピソードを思い出してみれば——こんな風に肌を外に、堂々と露出できるようになったというのは、いいことかもしれないじゃないか。

ならばここは褒めよう。

褒めの一手だ。

僕が世間からどう見られるかとか気にしている場合ではない、もうどうでもいい。むしろ千石の行動を予想して、ブーメランパンツを穿いてこなかった自分が恥ずかしいくらいだ。

「いやいやすげー似合うよ千石。マジぶっちぎってる。こりゃあ今年の夏はお前がリードするな。なんなら学校のプールでもそれで通しちゃえばいいと思うぜ」

「う、うん、わかった……暦お兄ちゃんがそう言うんだったら」

千石はすごく幸せそうに、そう微笑んだ。

それを見たら僕も幸せな気持ちになり。

今日を最高の日だと思えたのだった。

……ちなみに僕はその後、心なし閑散度の増したプールにおいて、自分を慕ってくれる女子中学生を前に大恥をかくことになる。

いや、吸血鬼って泳げないんだってさ。

# つばさソング 000

その日曜日は珍しく、二人の妹、火憐と月火に叩き起こされてではなく、羽川から届いたメールの着信音で、僕は目が覚めた。普段は携帯電話のメロディくらいものともしない深度を誇る僕の眠りなのだが、相手が羽川というだけでこの寝起きの良さなのだから、我ながら現金なものである。まあ例によって非常に改まった、しかも決して短くない長さの文面だったので、それなりに解読に時間を要したけれど、誰にでもわかるように僕なりに翻訳すれば、

『デートしよっ（はあと）』

という感じだった。

……いや嘘じゃないって。

大丈夫、僕は発狂してない。

僕はその日入っていた予定をすべてキャンセルし（嘘である。別に何の予定もなかった）、指定された待ち合わせ場所にチャリを漕いで向かったのだった。

羽川は当たり前みたいに僕よりも早くそこに来ていて（そして当たり前みたいに制服姿だった。まあ制服デートというのも、近頃は珍しくない）、

「やっほー。じゃ、行こっかー」

などと、実に気楽な調子の笑顔で、僕を先導した。どこに連れて行かれるのか、まあやっぱこれは図書館とかいうオチなんだろうな、いや日曜日は図書館は休みだったっけ、なんて思いつつついて行ってみると、驚くなかれ、途中電車に乗って（自転車は駅前の駐輪場に停めた）、辿り着いた先は、午前中から開いているカラオケボックスだった。

「……カラオケ？」

「うん」

僕が二の句を継げずにいるうちに、羽川は「二人です。三時間お願いします」と、てきぱき受付を済ませてしまっていた。

なんだこの強引な手際。デートと言うなら、これは実に男らしいデートプランだった。『黙って俺について来い』的な、いちいち僕の確認や同意を取らないことの運び方に、惚れ惚れする。マジで見習いたい。

そして熱唱だった。

羽川さんは歌いまくった。

恥ずかしながら僕はカラオケに対する経験が非常に薄く、というか羽川の前で歌を歌うという行為自体に非常に抵抗があることもあって、リモコンを操作しあぐねていると、彼女が、

「じゃあ私から」

とマイクを手に取り、歌い始めてしまったのだった。迷いと照れから僕が自分の曲をいつまでも入力しないので、

「じゃあ次も私が歌うね」「次も私が歌うね」「私が」と、いつまでも羽川のターンである。

ソロライブと言っていい。

第三者から見れば『お前何やってんだよ』と言われても仕方のない、流されっぱなしの状況ではあるけれど、いやしかしもうひとつ聞いて欲しい。

羽川の歌を聞いて欲しい。

死ぬほどうまいのだ。

歌の上手さを取り上げて『死ぬほど』と言うのは表現として腑に落ちないと言うのだったら、生き返るほどうまいと訂正しよう。こちらは、何度も死んでは何度も生き返っている吸血鬼体質な僕が言うのだから、間違いのない比喩である。

どうやら羽川は同室している人間の知らない曲を歌うのはマナー違反だと考えているようで、歌っている曲はどれもこれも、僕でも知っているような有名なポップソングばかりだったけれど、メジャー過ぎて誰もが聞き飽きているほどのそんな曲群で、羽

川は見事に僕の心を打つのだった。

ゆえに聞き惚れてしまって、歌本をめくる暇など、一瞬もないのだ。

思わず姿勢を正してしまう。

「お粗末さまでしたー。あれ？　え？　阿良々木くん、まだ入力してないの？　だったら、次も私が」

「ちょっと待ってちょっと待ってちょっと待って、羽川さん。ノリノリな羽川さんも素敵だけどちょっと待って」

僕はリモコンに伸びる羽川の手を止めた。これ以上聞かされたら、感動して泣いてしまいかねない。

それはさすがにまずかろ？

「休憩。休憩しよう。一旦落ち着こうぜ、ここは初心に返ろう」

「？　別にいいけど」

ようやくマイクを置いて、座る羽川。

彼女は立って歌っていたのだ。

歌って踊れる委員長である。


「しかし意外だな……羽川って、カラオケなんてしないイメージだったけど。どれだけ通えば、そこまでの喉を育てることができるんだよ」

「え？　いや、カラオケは初めてだけど」

「………………」

きょとんとした羽川の返しに、僕もきょとんとなってしまった。

「初めて？　え、でもリモコンの操作とか、すげー手馴れてたじゃん」

「こんなの、大体見ればわかるでしょ」

羽川はごく当たり前のように言う。

こう見えて羽川は、意外とマニュアルを読まないタイプの人間らしい。

マニュアルを読むまでもない人間と言うべきか。

「えー……でもでも、お前の歌、僕がうまいと思ったとか、そういう感覚的なもの以前に、画面の点数も全部百点だったじゃん」

「わかんないよ、そんなこと言われても。誰が歌っても百点が出るようになってるんじゃないの？　大吉しか入ってないおみくじみたいなものでさ」

「そうなのか……？」

よく知らないけれど、カラオケの採点基準は非常に判定がシビアだと聞くのだが……なんにせよ、こいつ、学校のテストじゃなくても百点しか取らないんだな。

無茶苦茶だ。

「人前でひとりで歌を歌うなんて、小学校の音楽の時間以来だから、そんなにうまく歌えてはないと思うよ。もう、阿良々木くん、お上手なんだから」

「だからお前の歌ほどじゃねーんだよ。何者だよお前は。まだしも、今日のために昨日、ひとりでここにこもって六時間特訓しましたって言ってくれたほうが、素直に褒められるよ」

ぶっちゃけ今、実は結構引いてるぜ、僕。

行き過ぎた感動は人に恐怖しかもたらさない。

「そもそも羽川、画面見て歌ってないよな」

「うん？　だって、歌詞は暗記してるし」

「僕も人のことを言えないけどさ、なんでカラオケも普通にできないんだよ、お前は」

言ってから、は、と僕は絶句する。

普通にできない。

それは羽川にとっては、実のところ深刻な悩みであって、だからこそ、ゆえに二回の猫騒動——ゴールデンウィークとつい先日、二回の、猫にまつわる物語は、どうしようもなく起こったのだから。

なんて迂闊《うかつ》な発言を、僕はしてしまったんだ——と、後悔する暇も、しかし僕に与えることも無く、羽川は、

「そーだよねー」

と、普通に頷いたのだった。

「でも、こないだのことでつくづく思ったけれど、普通にしようという考え方自体が、普通じゃないよね」

「…………」

「そう。普通になろうという目標には、夢がない」

だから悪夢を二度も見ることになっちゃったんだろうね、私は——と、羽川は、僕にというよりも、自分に言い聞かせるように言う。

「むしろ普通の人は、普通でなくなろうと願うもんだよね。普通を目指すこと自体、自分が普通じゃないことを認めちゃってる。その辺がなんかこう、ちぐはぐになっちゃってたよね、私は。阿良々木くんにもその件では、色々とご迷惑をおかけしました」

おどけるようにではあったけれど、そういう羽川は、本当に、心の底からそう思っているようでもあった。

「今までの私が間違っていたとは思わないけれど——それがよくなかったとは思うよ。正しいばかりじゃ、正解には辿り着けない。自分を抑え込み過ぎないで、それなりに個性を発揮しないと、いつまた猫に魅せられるかわからないや」

「……そうだな」

そう、かもしれない。

結局——猫はもうひとりの羽川であり、もっと言えば羽川自身であり、いくら忍の力を借りて撃退しようとも——羽川がいる限りは、消えてなくなったりはしないのだ。

忍野は二十歳を基準にしていたけれど——羽川も、それをただ待ってはいられまい。

それまでずっと——それからもずっと。

羽川は自分の中の猫と、向き合っていかなければならないのだ。

抑え込むのではなく——抱き込むように。

「そんなわけでね、これからはあんまりストレスや鬱憤《うっぷん》を溜め込まず、色々とストレス発散していこうって思うんだ。今日はその第一回」

「ん。ああ、それで」

それでカラオケなのか。

大声を出すのは、確かにストレス発散にはもってこいらしいし。

「なんだ、そういうことだったのか。それならそう
と言ってくれればいいのに。てっきりデートかと思
って、浮かれちまったぜ」
「そんなこと、メールにはひと言も書いてないけど」
「そうだっけ」
「行間を深読みし過ぎ。戦場ヶ原さんがいるのに、
そんなことするわけないじゃない」
と、にこやかに笑う羽川。
「でも、そうだね。先に言っておけばよかったかな。
それこそ一人で来てもよかったんだけど、やっぱり
初めてだから怖くって」
「まあ、緊張はするよな。それは羽川でも同じか。
まあ、相わかったよ。ストレス発散の憂さ晴らしを
したいときには、声をかけてくれ。今日みたいに、
いつだって付き合うからさ」
「ほんと？　いいの？」
「当たり前だろ。僕が羽川の頼みを断るわけがない
だろうが」

「じゃ、早速お願いしよっかな」
言って羽川は、肩に下げていた可愛らしい、ゆえ
に制服にはやや不似合いなポシェットから、革のケ
ースが装着された二対の散髪用ハサミを取り出した
のだった。
「阿良々木くんにはぜんっぜん関係ないんだけど、
私ってこないだ失恋しちゃってさ。だから色々吹っ
切るために」
笑顔で言う。
「この三つ編み、阿良々木くんがばっさり切っちゃ
ってくれるかな？」
「…………」
今日の本題は、どうやらそれだったらしい。
そう言えば羽川のストレスの原因は僕でもあるの
だった。
ストレス発散というには若干重い行為、というか
僕に対する嫌がらせにも似た意趣返しだったけれど、
まあそれでも、そんなことを言ってハサミを僕に差

し出す羽川のいたずらっぽい猫のような笑顔は、まるっきりとは言わないけれど、なんとなく楽しそうでもあって、幸せそうでもあって。

僕も幸せな気持ちにされたのだから仕方ない。

今日はやはり、最高の日。

……ちなみにそれはその場限りの冗談ではなく、羽川は本当に僕に自分の、二本の三つ編みを切らせた。断髪を強要した。信じられねえ。店に迷惑をかけないよう、あらかじめハンドクリーナーを用意していたあたりも確信犯じみている。もちろん後日、羽川はちゃんと美容院で揃えてもらったらしいけれど。

ふた房の三つ編みは、今も僕の部屋にあるのだった。

# ひたぎネック

## 000

戦場ヶ原ひたぎはこの日を首を長くして待っていたのだと言う——この日というのがどの日かというと、つまり僕が妹達、阿良々木火憐と阿良々木月火に、自分を彼女として紹介してくれる日ということである。

「なんでそんな日が待ち遠しかったんだよ……、なんだ、お前実は、ファイヤーシスターズのファンだったりするのか？」

そう言えば確か、戦場ヶ原は僕と知り合う前から僕の妹達のことを知っていたのだった——当時は、知らない人に家族構成を把握されている恐怖だけを感じていたものだが。

「ファンと言えばファンね、こよこよ」

と、戦場ヶ原は言う。

こよこよというのは僕のことらしい。

全力で拒否している、いや、拒否を通り越して忌避しているニックネームなのだが、彼女は一貫してそれを、頑なにやめようとしない。

まあその頑なさも、彼女の更生の一環なのだとすれば、喜ばしい事実であるように思えるので、無理をすれば思えるので、ぎりぎり我慢している感じである。

と言うか、ひょっとすると僕が戦場ヶ原のことをたまに、『ガハラさん』と呼んでいることに対する仕返しなのかもしれない。

だとすれば可愛らしい仕返しもあったものだが——ただのカップルめいたノロケ話をお聞かせしているだけになっていなければよいのだが。

「彼女達の噂を聞くと、私と神原との中学時代を思い出すからね」

「ふむ。ヴァルハラコンビか」

「だけどそれだけでもないわ。だって、ほら、こよこよが私に家族を紹介してくれるというのは、やっぱり嬉しいことよ。彼女として認められたって気がするもん」

「するもんって……」

そんな語尾を使うか。

更生したにしても丸くなったものだ。

ここであのトゲトゲだった頃の戦場ヶ原を懐かしむ僕でもないが、しかしなんと言うか、時の流れは感じるな。

「こよこよだって私が、こよこよをお父さんに紹介したとき、嬉しかったでしょう？」

「うん、嬉しかった」

即答過ぎて逆に怪しくなってしまった。

戦場ヶ原のお父さん。

戦場ヶ原父。

あのナイスミドルとの邂逅は、もうなんて言うか、思い出深いというかトラウマじみていると言うか、本当、たまったものじゃなかったという気持ちのほうが強いから、それもあっての即答だったのだが。

しかしまあ、確かに今から思えば――あのとき、まだ更生前だった戦場ヶ原は僕を父親に紹介してくれるくらいには、信用してくれたのだと思うと、それが嬉しくないとは言えないだろう。

嬉しくないと言えば嘘になる。

嬉しいだけと言っても嘘になるが……。

「だから嬉しいのよ、私は火憐さんと月火さんに会えることが――盆休みの帰省から戻った私をいきなり呼び出すだなんて、なんとも唐突という感は否めないけれども」

「いや、そこにはちょっと複雑と言うか、複雑怪奇と言うか、まあやむを得ない事情があってだな……」

やむを得なさ過ぎる事情である。

詳しくは他のブックレットの短々編を参照していただきたいが、戦場ヶ原に説明するのは難しかった。

「端的に言うと、妹に強要されたんだ」

「強要って……」

「気をつけてくれ、戦場ヶ原。奴らはお前に対してなんだか敵対的だ。今までお前をあいつらに紹介しなかったのは、お前があいつらに危害を加えるのではないかという恐れがあったからなんだけれど、その心配がなくなった今、今度は逆の心配が生じてしまっている」

「…………」

「今日だけは、戦場ヶ原。文房具による武装を許可しよう」

「やあねえ、こよこよ」

戦場ヶ原は首を振った。

「文房具はお勉強をするために使う道具よ？　人を傷つけるための道具じゃあないわ」

「……まあ、その通りなんだけどな」

「文房具を文防具と書く言葉遊びなんて、私はもう二度と使うことはないのよ」

「そんな言葉遊びを、お前が使っているところを一回でも見たことがないのだが……」

って言うか上手過ぎるだろ、それ。

なんでこれまで使わなかった。

「私はね、阿良々木くん」

戦場ヶ原は会話を一旦区切って、改めて言った。

「妹が欲しいのよ」

「……あげないぞ？」

「いや、そういうリアルな意味合いではなく、願望としてね？　神原とか、後輩を可愛く思うのはそのせいなのかもしれないけれど――ただ、うちの両親は、知っての通りの事情を抱えていたから。考えちゃうのよね、もしも私に妹がいれば、私の家庭はばらばらにならなかったんじゃないかって」

「…………」

「もしも、そうだったら――私はお母さんにも、阿良々木くんを紹介できたのにって思う。いえ、別に、紹介すること自体は目的じゃあないんだけれど……」

「わかるよ。言いたいことは」

いや、わかっていないのかもしれない。

彼女であり、恋人同士であるとは言っても、その気持ちのすべてを把握できるわけがない――ただ、戦場ヶ原がそういう、普通のやり取り、みたいなものに憧れを抱いていることは、間違いのない事実だと思うのだ。

普通であることを。

普通にあることを、許されなかった青春を送った戦場ヶ原にとって――今の生活はそれだけでも嬉しいものなのだろうが、しかし、失ってしまったものを取り戻せるわけでもないのだ。

失ってしまったものを、だから。

戦場ヶ原はいつまでも――思い続けるのだ。

「家族に紹介したり、されたりするのが嬉しいなんて――確かにちょっと前までの私なら、思いもしなかったでしょうけれどね。仮に、彼氏ができたとしても、それは個人的な付き合いでありたいと思っていたに違いないわ」

「そうだな……」

僕はまだ、正直言ってそちら側の人間なのだが。

ただ、戦場ヶ原のそういう気持ちに付き合えるだけの緩みは、僕にもあるのかもしれない。友達はいらない、人間強度が下がるから――なんて言っていた頃の阿良々木暦は、もういないのだ。

今の僕だって。

きっといつか、いなくなるのだろう。

「でも、参考までに聞くけれど、こよこよ、妹さん達って、それぞれ彼氏がいるのよね？」

「なんのことだ。知らんな」

「いや、知らないはずがないじゃない……、それを私に教えてくれたのがあなたなんだから。なに、会ってないの？」

「ああ。全力で逃げている」

「なぜ自慢げに……、会ってあげなさいよ。今度は阿良々木くんが、妹さん達の彼氏に」

「またそんな機会があればな……」

ないことを祈る。

できれば僕が会わないうちに別れて欲しいものだと思う――いや、自分でも狭量だとは思うが、それが妹の恋人に対する、兄の本音と言えた。

まあ、その意味では。

たとえどのような敵対的姿勢であれど、戦場ヶ原に会ってくれるという火憐と月火の姿勢は――僕よりもよっぽど大人なのかもしれない。

「おっと。到着だぜ」

「そうね。中に這入《はい》るのは初めてだわ」

待ち合わせしていた場所から、歩いて十五分。

僕と戦場ヶ原は、阿良々木家に到着した。

さあ、会合である。

首を洗って臨むとしよう。

# かれんアームレッグ

## 000

阿良々木火憐は長身である。長身であるというのは、背が高いという意味であって、これは『女子にしては背が高い』とか『中学三年生にしては背が高い』とか、まして『兄に較べて背が高い』などという注釈、前置き、前振りが一切不要な『背が高い』である。しかも今をもってまだ成長中という怪談よりもよっぽど恐ろしい話なのだが、空恐ろしく末恐ろしい話なのだが、しかしその恐ろしさ、恐怖的感情、エモーショナルな問題から離れた客観的なところから、その『背が高い』という、いわば『症状』を検証してみると、それが論理的に何を意味するかと言うと、『背が高い』ということは、それ相応に『足が長く』、『手が長い』ということでもあるのだ。

言うならば妖怪手長足長である。

子供の頃日本昔ばなしで見て以来、僕にとって若干トラウマになっているかの妖怪なのだが、そのふたり一組の妖怪をひとりで体現しているのが、まさしく阿良々木火憐だと言えよう。

まあ要は火憐の手足が長いというだけのことなのだが——その長めの手足を、今彼女は、振り回すのだった。

「うわ――――――――――――――――――――――――――――――――――――――――――――――――――――――――――――――――――――ん！」

と。

そんな風に泣き叫びながら。

大の字になって、床に寝転んだ姿勢で。

その長い手足を、存分にじたばたさせるのだった

——じたばたというのは修辞的な表現であって、実

際に巻き起こっている効果音は、『どっかーん』とか『ぐっしゃーん』とか、『ばきばきばきばき！』とか、そんな感じの破壊音だ。

彼女が手をばたばたさせ。

足をばたばたさせるごとに何かが壊れていく。

破壊神降臨といった有様だ。

いや、決して大袈裟に表現しているわけではないのだが、しかしこれがもしも大袈裟な表現に感じるというのであれば、もう思い切って、事実とは反するのだけれど、端的に言おう。

阿良々木火憐。

僕の妹は今、ダダを捏ねているのだった。

盛大に。

「や、やめろ火憐ちゃん！　火憐ちゃん、落ち着くんだ！」

僕のそんな声など届かない。

いや、届いてはいるのだろうが、しかしそれは逆効果で、静止を要求する僕の叫びを受けて、むしろ彼女は、その叫びを打ち消さんと、より激しく暴れるばかりだった。

「嘘だああああああああああああああああ！　嘘だもおおおおおおおおおおおおおおおおおおおおおおおおおおおおおおおおおおおおおおおおおおおおおおおおおおおおおおおおおおおおおん！」

どっかーん。

ぐっしゃーん。

ばきばきばきばき。

場所は阿良々木家のリビングなのだが、つまり一家における根幹的な施設なのだが、しかし火憐はそんなことにはお構いなく、壊していく、壊していく、壊していく。

恐るべき妖怪手長足長。

まだしもマシと見るべきなのかもしれない、ちょっと前までならば、ここにポニーテイル、つまり尻尾による攻撃までも加わっていたというのだから。

「お、落ち着け火憐ちゃん、泣くな、喚くな、暴れるな――お前もう中三じゃないか、来年から高校生じゃないか、それをそんなお菓子売り場で泣き叫ぶ三歳児みたいな——ぐはっ」

思い切り、力ずくで彼女を押さえ込もうとした僕だったが、しかし火憐の拳に、正確には裏拳に弾き飛ばされた。

吸血鬼的パワーで回復力が強化されていなければ致命傷になっていたかもしれないパンチだった。いや、丁度忍に血を吸わせたばかりのところで助かった。

不死身力ってすげー便利だな。

妹のダダで死なずに済む。

「びええええええええええええええええええええええええええええええええええええええええええええええええええええええええええええええ」

「びえええんって……、お前、漫画以外でそんな泣き方をする奴がいるか？」

「兄ちゃんに！」

ようやく。

別に落ち着いたわけでもないのだろうが、ついに火憐は、ダダを捏ね始めてから初めて、まともな言語らしきものを口にした。

「兄ちゃんに彼女ができたなんて嘘だあ！　信じない！　あたしは信じないぞ！　兄ちゃんは彼女なんか作らないもん！」

「…………」

「兄ちゃんはあたしの兄ちゃんだもん！　彼女なんかいらないもん！　一生独り身で過ごすんだもん！」

いやいや。

一生独り身って。

「うわあああん！　兄ちゃんがあたしを裏切ったー！　兄ちゃんはあたしだけの兄ちゃんだったのにー！　兄ちゃんとあたし、二人っきりの兄妹だったのにー！」

さりげに月火の存在をいないことにした火憐。

それほどに精神的にテンパっているということだと理解してあげて欲しい。

そして現状を理解していただけただろうか。

この夏休み終盤。

僕はリビングで火憐に対して、月火にそうしたように、

「実はね、僕には少し前から付き合っている彼女がいるんだよ」

と告白したのだった。

今度紹介するね、と言う前に、それまで興味なさそうに鉄アレイで筋力を鍛えていた火憐は、その鉄アレイを握りつぶし（⁉︎）、目を剝いて、そして即座に、座っていたソファを押し潰すように引っ繰り返って。

そしてその両手足を。

アマゾン川のように長いその両手足を駆使して、ダダを捏ね始めたというわけだ。

「別れて！　別れて！　すぐに別れて！」

「すげえことを要求するな、この妹……」

「今から電話して別れて！　兄ちゃんが電話できないって言うのなら、あたしが電話するから！　あたしがその彼女に電話して、兄ちゃんは妹が大好きだからあなたとは付き合えないって言うから！」

「こわっ……」

かつてない妹キャラだ。

元々阿良々木火憐は、『妹はリアルにいると萌えない』の典型例みたいな造形のキャラクターだったのだが、それがいよいよ極まってきている。

兄の彼女に電話して別れさせようとする妹が、どこの空想世界にいるというのか。

「びえええええええええええええええん！　兄ちゃんが彼女を作ったー！　あたしに秘密で彼女を作ったよおー！」

「予想外のリアクション過ぎる……」

フィジカルを鍛えている割に、メンタルをまったく鍛えていないのだろうか……そのパワーで、阿良々木家のリビングの床をどんどん破壊していく彼女だが。

「殴られるくらいは覚悟していたが、まさか泣き喚いてダダを捏ねるとは……」

「あたしの何がいけないの⁉」

そこでがばっと起き上がり、こちらを睨みつける火憐。涙だらけで顔はぐしゃぐしゃだ。

「性行為だったらあたしにすればいいじゃん！」

「こえー！　発言も考え方もこえー！」

「あたしの歯をあんな風に磨いたときには、もう彼女がいただなんて！」

「いや、あれなんか、行為としてよく取り上げられるようになったけれど、突き詰めればあれ、兄が妹の歯を磨いただけの健全的な行為だろー⁉」

「会わせろ！　その彼女に会わせろ！」

火憐は涙声のままで言う。

手足をばたつかせたままで。

「あたしがそいつの、歯を磨いてやる！　ぴかぴかにしてやるぜ！　兄ちゃんに歯を磨かれるのはあたしだけだということを、思い知らせてやる！」

「…………」

まあ。

僕が歯を磨いた相手は、確かにお前だけなのだが
――ともあれ。

このように僕は、戦場ヶ原と火憐の仲立ちをしたのだった――あとは野となれ山となれというか、ファイヤーシスターズ的には、あとは焼け野原となれ火山となれといった感じだった。

火憐のダダはその後も続き、それが収まるのは気長に待つしかなさそうだった。

# つきひエターナル

## 000

阿良々木月火の性格について、僕はうっかり失念していた。たとえなんと言うか、影縫《かげぬい》さんと余接《よつぎ》ちゃんとのバトルに勝利（？）することによって、気が緩んだ直後だったとは言え、アニメ版副音声をお聞きの皆さんにはもう周知のことだとは思うが、あの性格のあの妹に対して、

「夏休み明けに、僕の彼女を紹介してやるよ」

なんて、口が裂けても言ってはならない台詞だった。

あの性格のあの妹が、そんなことを言われて、素直に夏休み明けまで待つわけがないというのにだ。

「いつまで」

と。

月火は言った。

部屋に呼び戻した僕を、部屋の床に直に正座させた上での台詞である。その前に、腕組みをして仁王立ちしての台詞である。

「いつまで黙ってるつもりだったの、それ」

「いや、いつまでっていうか……」

うわあ怖い。

何が怖いって、この妹はもう既に今の段階で、千枚通しを片手に持っているのだから。さっさとあれを工具箱にでも移しておかないと、フィギュア化するときに常にセットのオプションになってしまいそうだ。

当然、影縫さんと戦った直後の僕にとって、千枚通しなど物の数でないと言えば物の数ではないのだが、けれど、そういう問題じゃなく、妹が千枚通しを持って僕の前で腕組みをしているというシチュエ

ーション自体が怖い。

あと月火が、その千枚通しの先の尖った部分でちくちくと、自分の腕を刺しているところもちょっと怖い。皮膚をなでているだけなので血が出たりはしないのだが、そのいかにも、私はイライラしていますというボディランゲージは、見ているものを圧迫するものがあった。

「彼女がいただあ？　てめえお兄ちゃん、彼女がいた癖に、私のファーストキッスを奪ったのか？」

「月火ちゃん、そういう言葉遣いは感心しないな。女の子なんだから、もっと可愛らしい言葉を使わないと、周りの見る目が変わってくるぞ」

「あなた様お兄さま、恋人がいらし申し上げた癖に、わたくしのおファーストキッスをお奪いになられ遊ばされたのでございますか？」

「…………」

いらし申し上げた、あたりの敬語が怪しい。

だがそれを突っ込むと、僕の目ん玉に千枚通しが突っ込まれそうだったので、仕方あるまい、看過することにした。

「ただ、そんな言葉遣いが可愛らしいかどうかは疑問だが……」

「ファーストキッスを奪ったのみゃ？」

「のみゃ」

と言われても。

なんだか語尾をそんな萌え系にしたせいで、千枚通しの怖さがただただひたすらに増した感じだ……、いやはや、すげーな千枚通し。

どんな言葉も、どんなキャラも台無しに塗り潰す力を持っているんだな……、いや、もちろん千枚通しは正しい用途で使うべきだが。

「えっと、千枚通しの正しい用途は、そう、ウィスキーを飲むときに氷を砕く……」

「それはアイスピック。間違うな」

「形状はほとんど同じじゃん……」

あと錐もな。

「素麺と冷麦くらいおんなじじゃん」

「いつまで」

　突っ込みやすいことを言って、僕が話をそらそうとしていることに気付いたらしく、月火は強引に話を戻した。

「いつまで黙っているつもりだったの？」

「い、いや、いつまでって言うか、だから夏休み明けには話すつもりだったんだって……、いやいや、明日！　明日話そうと思ってたんだ。もー、月火ちゃん、聞いちゃうんだもんなー。僕が用意したサプライズパーティの準備が台無しだぜ」

「自分に彼女がいることを発表するサプライズパーティなんて開くつもりだったのか……、芸能人かよ、お兄ちゃん」

　けっ、と毒づく月火ちゃん。

　可愛くない。

「どうせ今だって、うっかり口が滑っただけで、たまたまそういう気分だっただけで、明日になったら私にそんな約束したことなんて忘れちゃってたんでしょ？」

「な、何を偏見に満ちたことを……、この兄が妹との約束を破ったことがあるか？」

「守ったことがないでしょ。妹との約束も、妹も」

「妹を守ったことはあるよ！」

　今日だ！

　まさしく僕は今日、お前を守るために必死になって、っていうか何度も何度も死んで……、しかしその主張をすることはここでは難しかった。

「あるの？　いついつ？　何時何分何秒何々、地球が何回スピニング？」

「ぐっ……」

　悔しい！

　こんな奴を論破できないなんて！

「て言うか、そもそもいつからよ。いつから彼女いたのよ。そしてそれをいつから私に秘密にしていたのよ。兄妹間に秘密は何もなしにしようって、決めたじゃない」

「いや、そんな、両親が死んで二人取り残されてこれまで互いに支えあってきた兄妹みたいな取り決めはしていないと思うのだが……」

一応そう言ってから、僕は、

「その、母の日から」

と答えた。

「母の日？　ははははははははは！」

月火が呵呵大笑した。

母の日だけにははははははは、と。

面白くない上に、戦慄の笑い方だった。

「ほっほう。なるほどなるほど。つまりお兄ちゃんは、火憐ちゃんと喧嘩をして家を出て、そして私達阿良々木家一家の雰囲気が悪くなっているときに、外で女を作っていたという、そういうことになるわけですな」

「女を作っていたって……」

なんという下品な言い方をするのだ。

っていうか、私達阿良々木家一家って。

僕を部外者みたいに言うなよ。

「え？　でもそういうことでしょ？　お兄ちゃんはその日、よりにもよってお母さんに日頃の感謝を表明すべき母の日に、一年に一度しかないそのアニバーサリーに、女といちゃついていたってことでしょ？家族よりも若い女を選んだってことでしょ？」

「お前の性格の悪さに僕は今、頭を抱えているぜ……」

若い女って、いやまあ、若いけどもな？

同級生だから十八歳だけどもな？

「火憐ちゃん、これ聞いたらがっかりするなー。あの母の日、お兄ちゃんが自分から謝ってきたから、その成長を喜んでいたのに、その謝罪が、彼女ができたついでのおざなりなものだっただなんて」

「おざなりなものかどうかはわからないだろうが！勝手におざなりに決めるなよ！」

「アニバーサリーだけに、オザーナリーなものだったなんて」

「くっ……」

千枚通しを持っているからって、思いついたことを言いたい放題だな。

「そしてそれからいままでの間、ずーっと黙ってたんだ。朝ご飯のときも、夕ご飯のときも、ずーっと私に黙ってたんだ、彼女がいることを。私がおいしくご飯を食べている中、お兄ちゃんは、ああこいつ、僕に彼女がいること知らないんだなーって、見下しながら、無知な私のムチムチボディを肴にご飯を食べていたんだ」

「お前、この世にそんな兄が存在するとおもうのか？」

「この非実在兄少年め！　私に隠しごとをしながら接していたなんて最低だよ！　最近私達と取っ組み合いの喧嘩をしない理由が、彼女に操を立てていたからだったただなんて！」

「いや、僕別に、彼女と取っ組み合いの喧嘩なんてしないけど……それに、母の日の謝罪がおざなりだったのだとすれば、それは彼女ができたからではなく、小学五年生の少女と知り合ったからだな」

「いつまでー！」

そんな感じで。

僕に彼女がいたということについての月火からの追及は、いつまでもいつまでも、朝になるまで続いたのだった。

# しのぶハウス
# 000

　忍野忍が不機嫌そうに登場したのは、戦場ヶ原ひたぎと阿良々木暦のカップル、そしてファイヤーシスターズ・阿良々木火憐と阿良々木月火の計四人による、後《のち》に『ガハラサミット』と呼ばれる阿良々木家リビングにおける会合が終了したその日の夜のことである。

　夜行性とはいえ、別に夜になれば必ず登場するというわけではない忍なのだが、この日はあまりにも当たり前みたいに登場した。

　僕としては非常にハードな会合を終えて、まあそれも上首尾に終わったということで胸を撫で下ろす気持ちもあって、部屋のベッドにぐったりと倒れようと思っていたのだが、そのタイミングを見計らったかのように、

「あーあ」

　と、だるそうに影から這い出してきた。

　なんだその声。

　いかにも構って欲しそうなその態度。

「んったく、見ちゃおれんわ。仲良しごっこの家族ごっこ。ああいうのが儂は一番嫌いじゃ」

「うわあ……」

　参ったなあ。

　これはまた厄介な性格のお嬢さまが現れたぜ。

　あの重要会談を終えた僕に、こんなボーナスイベントが待ち構えていようとは思いもしなかった。

「我があるじ様も困ったような振りをしながら、恋人と妹御達の間をにこにこと取り持ったりしおって。あー、やっておれんやっておれん」

　肩を竦めて、両手を広げるというオーバーリアク

ションで僕を、独り言という形を装うことで、直接的ではなく間接的に批難してくる忍。

ねちねちと。ぐちぐちと。

「かつて儂をあそこまで追い詰めた戦士が、ぬっるい奴になったもんじゃのう。そのままなんかホームドラマでもやっておれよ。妖怪譚とかもういいじゃろ。あの女どもと、ずっとなんかぬるいこと言っておれよ」

「危険な発言だな……」

って言うか春休みにしても、僕はお前をそこまで追い詰めてはいないのだが。僕を責めたいためだけに、過去を捏造まで し始めたぞ、この幼女。

「あー、もうなんかのー。結局なんか、お前様も、家族とか恋人とかが大事な奴なんじゃのー」

忍は更に言う。僕を見ずに、まるで本当に独り言みたいに、しかし確実に僕に聞こえるように言う。こんな吸血鬼がいるのかというくらいに、因縁をつけるように言う。


「なんじゃったかのー、言っておったのー。お前様、そうそう、何か格好いいことを言っておったのー。いやー、あれはときめく台詞じゃったのー、恋人とか家族とかが大事な奴の台詞だったとは思えないくらいにときめく台詞じゃったのー」

「な、何をだよ」

「お前が明日死ぬのなら僕の命は明日まででいいとかなんとか、調子のいいことを儂に言っておったのー」

質問に対する答があったところを見ると、やはり独り言ではなかったらしい。ただし忍は絶対に僕のほうを見ない。

「しかしまあ、さっきの会談で確信したが、絶対にそんなことはないな。儂が死のうと関係なく、お前様はその後もふっつーに生き続けるな。確実じゃな、鉄板じゃな」

「いや、あの、忍さん。決してそんなことは……」

「じゃあ今死ねよ。儂今から病気で死ぬから、お前様さっさと死ねよ。死ねないのか？　死ねないじゃろ？　はい嘘つきー」

「…………」

見た目通りの八歳児だ。

いやこれはこれで、想像以上に来るものがあるな……。

「あのなー、忍。そういうことじゃなくってな。いや、確かに今日の僕は見るに堪えなかったかもしれないけれど、決してお前をないがしろにしたわけでは……」

なぜか忍の機嫌取りを始める、始めなければならない僕。どうしてこんなことになってしまったのだろう。

「決まっているじゃないか。僕にとって一番大切なのはお前との絆であって——」

「はっ。浮気男の常套句じゃのう。まったく上等なもんじゃ。現代の好色一代男とは、まさしくお前様のことじゃのう」

「絶対原典知らないだろ？　言葉のイメージだけで言ってるだろう？」

まあ。

それについては原典を知らなくとも、タイトルだけで十分その意味は伝わりそうなものだけれども。

と言うか、金髪幼女の忍ちゃんが、井原西鶴《いはらさいかく》の名作タイトルを知っているというだけでも、もうなんだか面白い。今のこいつの知識は、どこから仕入れてくるものなのだろう。

普段は影の中に潜む忍だが、その影の中は結構広い空間になっていて、忍は本を読んだりゲームをやったりしているらしいが……忍の読書傾向が気になった。

「いやじゃあお前様、こういう話をしようぞ。もしも、儂と、恋人と、巨大な妹御と、極小の妹御とが崖にぶら下がっていたとして、四名のうちどれか一名しか助けられないとしたら、誰に手を伸ばす？」

「…………」

うぜー！

この幼女うぜー！

そのうざさに追いやられた僕は、

「そういうのは僕には選べないな。命の価値は誰しも平等なんだから。それを較べることなんてできない！」

と奇麗ごとを言って格好つけて誤魔化そうとしたが、それは忍に、

「奇麗ごとを言って格好つけて誤魔化すな」

と駄目出しをされてしまった。

こうもあっけなく目論見を完膚なきまでに見抜かれて、正面から否定されてしまうと、言葉がないな……。

「さあ誰じゃ。誰を助けるのじゃ。その返答次第では、儂はこの影から出て行かせてもらうぞ」

「出て行けるものなのか……？」

「出て行けるとも。所詮お前様の影など、儂にとっては、うっかり迷い込んでしまった仮の住まいのようなものじゃ。妖怪で言えば迷い家《まよいが》じゃ」

「そりゃ色んな本が揃ってるわけだ……」

実際は、僕の本棚から勝手に持ち出したものなのだが――しかしもしも、読んでも読んでも減らない本棚があるとすれば、そんな天国は、本読みにとってはこの上無かろう――さておき。

ううむ。

どうしよう。

とにかくここでは、「忍、お前を助けるに決まっているじゃないか。戦場ヶ原を、火憐ちゃんを月火ちゃんを見捨ててでも、いや、あいつらを盾にしてでも、僕はお前を助けるよ！」と言ってその場をしのげばいいのだろうか……、いや、でもなあ。

このモードに入っている奴相手に、そういうことを言っても、それもまた奇麗ごとと言うか、格好つけていると言うか、誤魔化そうとしているだけと言うか……、「は！　またそんな調子のいいことを言いおってからに！」などと、看破され……、もとい、

言いがかりをつけられるに決まっている。

となると、どうだ。

ここでの模範解答はひとつではなかろうか。

「僕が手を伸ばすのは」

僕は言った。

僕はキメ顔でそう言った。

「羽川だ。羽川翼《つばさ》だ。僕はその場合、羽川に手を伸ばして――助けを求める」

「…………」

忍はその答にしばし呆れたような顔をして、しかしその後、

「かかっ」

と笑った。

ようやく笑った。

「その名前を出されたら、確かに納得するしかないか――便利な名前じゃの」

それもまたその場しのぎでしかないだろうし、助ける助けないで言えば、誰の力を借りようと、人は一人で勝手に助かるだけで、誰かが誰かを助けることなんてできなくて、僕は四名、いや五名のうち、誰も助けることなんてできないのかもしれないけれど――とりあえず、忍には出て行かれずに済むようだった――忍はこれからも。

僕の影に住むようだった。

# つばさボード

# 000

　アーサー・C・クラーク先生は、ご自身の著書、オデッセイ四部作の完結編『3001年終局への旅』の中で、『インテリ』をこう定義している――『自分の知能以上の教育を受けてしまった人間』。さながら飢えてでもいるかのように、知識や情報を己が体内に詰め込むことに終始する人生を送る私としては、この定義を読んだとき、自分の名前を呼ばれたような気持ちになったものだ――確かに。

　教育は受ければよいというものではないし、知識はあればいいというものではない。知っているだけでは、それは、知らないのとまったく同じなのだ。


「いえ、時に知り過ぎているという状態は、何も知らないよりも遥かにマイナスかもしれないわよ、羽川さん――羽川翼さん。生半可な知識に雁字搦めになって、身動きが取れなくなるなんて、私達はざらじゃない」

　私からの振りに対し、戦場ヶ原さんはそう言った。

「とは言え、何分《なにぶん》現代は情報過多な世の中だものね――一を聞こうとしたら十まで教えられてしまう。知りたくもない事実を教えられる。知る権利以上に教える権利が重んじられて、無知や無関心でいることが許されない繋がりが構築されているわ。私の器量なんてお構いなしに、膨大な情報が流れ込んでくる。世界からの入れ知恵に耐えられない」

　溺れそうよ、と戦場ヶ原さん。

　かつては策士が策に溺れたものだが、現代では知識人が知識に溺れるものなのだろうか――練るまでもなく、権謀術数のごとく渦巻く知識に。

「そうだね。でもだからって、情報をまったく遮断するわけにもいかないでしょう、戦場ヶ原さん。それはもう、溺れないためのビート板を、心に持つしかないいんじゃない？」

「ビート板。確かに溺れたときにつかむのが藁じゃあすこぶる心許ないけれど、どうかしらね、私なんかは、相当歯型だらけのビート板を持つことになりそうだわ」

戦場ヶ原さんはちょっとよくわからないことを言った――『歯がゆい』とか『歯噛みする』とか、そういう意味かな？　あるいはそれでも知識の流入には――知識の奔流には、どこかで『歯止め』をかけるべきだと、戦場ヶ原さんは言いたいのかもしれない。己から世界を締め出す強さを、彼女は持っているのだから。それは危うい強さだが、強さであることに疑問の余地はない。

「板と言えば――羽川さん。そのオデッセイに登場するモノリスも、人類に知性を与えてくれる存在だったっけ？　知性を与え、進化させてくれる」

「うん。ただ、モノリス自体には善悪はない。知識も情報も、やっぱりそれ自体には――意味がないように」

「結局、問題なのはね、羽川さん。一度知ってしまった知識を、私達は知らなかったことにはできないということよ。生物が進化を逆走できないように。時代より吹き込まれた知識を、私達は自分の中から排斥することができない――そりゃあいつかは破裂しちゃうって」

『知らずにいたかった』という願いは、成就しない。

よかれあしかれ。

ことほどさように――私達は成長を強要される。

「まあ……、いらないと思った知識を、情報を、記憶から綺麗さっぱり後腐れなく削除できたら、そんなに便利なことはないわよね。だけどそれは、その通り、逆走ではなく、逆流でもなく、前向きな退化であって――後退ではなく衰退なんだよね」

「…………」

「ん。んん。どうしたの、戦場ヶ原さん？　急に黙りこくっちゃって」

「いいえ、何でもないわ。何でもあるはず、ないじゃない。でも確かに、羽川さん、あなたはいささか、その身に知識を詰め込み過ぎなのかもしれないわね」

と、戦場ヶ原さんは言った。

呆れ混じりを隠そうともせず。

「『2001年宇宙の旅』に続編が三冊もあることなんて、普通の人は知らないわよ。羽川さん、あなたは何でも知っているのね」

その指摘を受けて、私は応える。いずれにしてもこの辺りが、今のところの私のバランスなのだろうと思いつつ。

「何でもは知らないわよ。知ってることだけ」

# まよいキャッスル

## 000

ルーシー・モード・モンゴメリと言えば、言わずとしれた『赤毛のアン』の作者ですけれど、今朝は『赤』ではなく『青』の話をしましょう――つまり、ヴァランシー・スターリングを主役とする『青い城』の話をです。

「読んでませんか？　阿良々木さん」

「『青い城』？　……いや八九寺、不勉強で申し訳ないが、今の今まで書名さえ知らなかった」

阿良々木さんは少し考えるようにしてから、そう答えました。まあ、『赤毛のアン』のネームバリューがいかんせん強過ぎるので、本邦においては、『青い城』の認知度はこんなものかもしれません。

「僕はモンゴメリの作品は、恥ずかしながら『赤毛のアン』しか読んでないんだ。あの濫読家の戦場ヶ原でさえ、確かモンゴメリの作品は、まだ『アンの友達』しか読んでいないと言っていた」

「どんな読者ですか」

変わった濫読家もいたものです。

わたしは阿良々木さんに『青い城』のあらすじを説明しました。

「ヴァランシー・スターリングという二十九歳の女性が主人公なのですが、このかたは、アン・シャーリーにも匹敵する空想力の持ち主です」

「二十九歳でアン・シャーリーと同じ空想力を持っていたらヤバくないか……？」

「ある日、ミス・ヴァランシーはお医者様から余命一年と宣告されました。これまで親類縁者に抑圧されながら生きてきた女性が、残りの限られた人生を、どう生きるかが主題となるストーリーです」

阿良々木さんの指摘は無視しました（まあまあ、実際少なからずヤバいです）。さて、書評欄ではないので、『青い城』の紹介はこのくらいに留めるとしまして（タイトルがなぜ『青い城』なのかも説明しません）、わたしはここで阿良々木さんに質問します。

「阿良々木さんだったら、もしも自分の余命が一年だって宣告されたら、どうします？」

「え？　どういうことだ？」

「明日死ぬかもしれないあなたですけれど、もしも一年間は生き延びることができるとしたらどうしますと訊いたんです」

「質問の趣旨が変わってんじゃねえか。んー」

どうだろうなあ、と阿良々木さんは腕組みです。どんな質問にもとりあえず取り合ってくれるのが、阿良々木さんのいいところです。そんな彼の殊勝さに心打たれ（虚言です。念為）、わたしはガイドラインを示しました。

「世界一周したいとか、大きな買い物をしたいとか、ずっと好きだったかたに思いを伝えたいとか、そういうの、色々あるじゃないですか」

「確かにそういう風に、無念を残したくないって気持ちは、当然出てくるだろうけれど――うーむ、案外、何もしないんじゃないかなって思う」

「何もしない？」

予想外の答です。変わったことを言って注目を浴びようという目論見でしょうか。そのような自己アピール精神が蛇蝎《だかつ》のごとく嫌いなわたしは、すかさず鋭く切り込みました。

「それは心が折れてしまってということですか？　あと一年しか生きられないなら、何をしてもどうせ意味なんかないと、あなたごときは自暴自棄におなりに？　まったく、なんという育ち過ぎた自意識でしょう」

「そうじゃなくって。ほら、生きてるとさ、人間やらなきゃなんねーことばっかしじゃん。生きている以上、絶対になんらかの活動はしなきゃいけないわけであって」

「活動。労働という意味ですか？」

「労働に限らず。『遊ぶ』のも『休む』のも、言ってしまえば生きるために必要な活動だろ？　明日を生きるために、おいしいものを食べなきゃいけないし、心地よく眠らなきゃいけないし——余命一年ってことがはっきりしたら、そういう義務から、僕達は解放されるんじゃねーの？」

「むう」

結局のところ、自暴自棄と大差ないことを言っているようにも思います。思いますが、しかし一理ありました——千里の道も一理から。確かに、何もしない——活動しないというのは、生物にとって何よりの贅沢かもしれません。夢を追う。希望を求める。目標を追う。それは明るくポジティブな自己実現のようにも聞こえますけれど、その活動には相当する努力や頑張りという代価が必要なわけであって。

人生が限られたからこそ、世界一周しなくていい。大きな買い物をしなくていい。思いを伝えなくていい——という考えかたには、そこそこ検討の余地があるかもしれません。

「僕達は生きる上で、自分って奴を最大限に楽しませてやらなきゃいけないけれど——最後くらいは、その縛りから解き放たれてもいいんじゃないかな。やりたいことをやらなきゃいけないっていう決まりごとから、解放されても。だっていささか疲れるぜ。こんな世の中で、人生を楽しみ続けるっていうのも」

悟ったようなことを言いますねえ——とは言え、数々の死を経験してきた、阿良々木さんらしくはあります。

わたしはぽかぽかした気持ちになりました。

「ところで八九寺。今朝は『赤』ではなく『青』の話をすると言ってたけれど、原題は『グリーンゲイブルズのアン（ANNE OF GREEN GABLES)』だから、『赤毛のアン』って、どちらかと言えば『緑』

　まあ、阿良々木さんには弱音を吐かず、もうしばらく、もう長らく、人生を楽しんでいただくことにしましょう。なのでわたし、八九寺真宵は、阿良々木さんのご長寿を祈願して、いつものやり取りを繰り返すのです。

「失礼。噛みました」

じゃないのか？」

　不勉強で申し訳なく恥ずかしい人が、思わぬ文句をつけてきました。

　ぽかぽか気分が台無しです。

「日本じゃ『緑』のことを『青』と言ったりするけど、だったら結局、同じ話をしているんじゃないか。えーおい。謝罪して訂正したほうがいいんじゃないのか」

　ぽかぽか殴りたくなります。

「やれやれ……いいじゃないですか、日本じゃ『赤ちゃん』のことを『みどりご』って言ったりするんですから。まったく例によって例のごとく、細かいことばかり気にしますねえ——f分の1の揺ら木さんは」

「人を癒しの波動みたいに言ってんじゃねえよ。それも含めて謝罪して訂正しろ。僕の名前は阿良々木だ」

　でしたね。

# ひたぎコイン

## 000

戦場ヶ原ひたぎは欺《あざむ》いていた。何をと言って、すべてをである——二年間、周囲周辺のすべてを——自身を襲った災厄と、己の抱える病状を隠し通していた。果たしてそれは一体どれほどのことだったのだろうと、僕なんかは考えてしまう——もちろん僕だって正直者というわけではない。人並みに嘘をつき、言うなら騙《だま》し騙し生きている、思春期の高校生だ——しかしそんな僕だからこそ考えてしまう。いったい、すべてを欺き続ける、すべてを騙し続ける——何もかもに嘘をつき続ける気分というのは、どういうものなのかと。

「それはどちらかと言うと、阿良々木くんの今後の課題になるんじゃなくて？　阿良々木くんはその吸血鬼体質を、周りに隠し続けなければならないのだから——二年間どころか、これから一生に亘《わた》って」

戦場ヶ原はそう答えた。

放課後の教室においてである——他に人はいない。無人の教室においてだ——どういう流れで僕がそんな質問をするに至ったかは忘れたけれど、ともかく僕の質問に対し、珍しく戦場ヶ原が、はぐらかしもせず毒舌も振るわずに答えてくれた形だ。

「まあそうだが……、だからこそ、参考に訊《き》きたいんだよな」

「訊きたい。私に。嘘をつくコツを？」

「うーん……」

噛み砕いて言うとそういうことになるのだが、そういう言いかたをすると戦場ヶ原を嘘つき呼ばわりしているようで、あまりに露骨だった。僕は口を濁《にご》して、

「僕は人間が、そんな正直な生物だとは思わないけれど——でも、人間関係において嘘をつくことが、ストレスになるのは確かだよな？　罪悪感と言うか、後ろめたさと言うか……そういうのにどうやって耐えるのかってことなんだけど」

と切り出した。

「人は基本、嘘をつきたくないわけじゃないか。だからみんな、ぎりぎり嘘にならないような言いかたをしたり、嘘をつくのを最小限に留めたりするわけだろう？」

「嘘の達人として阿良々木くんに伝授できることがあるとすれば——人を欺くということと、騙すということは、似て非なるものであるということね。決して一緒くたにしてはいけないし、並べて語るべきでもない」

折角《せっかく》一般論にしたのに、戦場ヶ原は僕の気遣いを台無しにするように、言う。どうやら今日は機嫌がいいほうらしい。機嫌がいいときでこれなのだから、クラスメイトとしてはたまったものではないが。

「阿良々木くん、小銭持ってるかしら？」

「小銭？」

「ああ、阿良々木くんの家庭環境を鑑《かんが》みれば、千円札までが小銭かもしれないけれど、ここで私が言っているのは硬貨という意味ね」

「僕の家庭環境はそこまで豊かじゃねえよ」

まあ、小銭入れの中に硬貨が一枚もないということはあるまい——僕は財布を取り出して、入っていた百円玉を戦場ヶ原に手渡した。

「ありがとう」

「…………」

「…………」

「…………」

「……いや。あげないぞ⁉　返せよ、ちゃんと！　何かに使うんじゃないのかよ⁉」

「ひとつギャンブルをしましょう、阿良々木くん」

しれっと、僕が渡した百円玉を指で弄《もてあそ》びつつ、戦場ヶ原は言った。

「ヘッドオアテイル——表か裏かのコイントスよ。表が出たら百円玉を私に頂戴《ちょうだい》。裏が出たら、一生あなたの奴隷《どれい》になってあげるわ」

「なんだその危険なギャンブル⁉」

したくない！

コイントスそのものじゃなくて、百円のために己の身体の進退をすべて賭けるような危険人物とギャンブルをしたくない！

「お前はトゥーフェイスか。コインの表裏に人生を賭けるな」

「トゥーフェイス。ヴィランとしては憧れの存在よね」

己もヴィランだといわんばかりの口調だった。

どんなヒロインだよ。

「心配しなくともいいわ。ひとつ、例として、阿良々木くんを欺いてあげようというだけのことだから——これからのあなたの、チンケな人生の参考にするがいいわ」

「チンケな人生って……」

なぜそこまで言われなくてはならない。それともこれは、ギャンブルにおける駆け引き、挑発という奴だろうか？　いや、まあ、戦場ヶ原は常時こういう感じなので、取り立てて挑発というわけではなさそうだ——だからむしろ、今日は機嫌がよさそうなので、ただ僕の人生を、本当にチンケだと思っているだけかもしれない。

「欺いて、ねえ……」

ということは、コイントスというギャンブルにおいて、彼女は何らかのイカサマを仕掛けるつもりだということだろうか？　ただ、僕が渡した種も仕掛けもないコインで、コイントスなんてシンプル極まるギャンブルで、どんなイカサマの余地があるのだろう？　文房具を扱う手際からして、戦場ヶ原は器用なほうだとは思うが……、まさか手品師さながらに、コインの表裏を自由に操作できるわけでもあるまいに。

ふむ。ちょっと興味が湧いてきた。

「よし、乗った。やろうぜ、そのギャンブル」

「はっ。このエロ野郎が。下衆《げす》な本性を現したわね」

「いや、あの、僕が興味が湧いたのはお前が僕をどう騙すつもりなのかって点だけだからな？　何かにつけ奴隷になりたがってるお前には、興味はないよ？」

「湧いているのはあなたの頭の中の蛆《うじ》でしょう」

すい、と戦場ヶ原は百円玉を弾く準備をした。と、僕は念のために確認する——ほとんどイカサマを予告しているような彼女に対して、一応の防御壁を張り巡らしておくのは、この場合むしろ礼儀みたいなものだろう。

「僕が渡したその百円玉、こっそり別のものと摩《す》り替えていないだろうな」

「ふっ。摩り替える百円玉なんて持ってないわ。私の貧しさを軽く見ないことね」

重い言葉だった。

「あとで揉めないように取り決めておきましょうか。数字の書いてあるほうが表。それでいいわね？」

「ああ、わかった」

厳密には硬貨って明確な表裏があるはずだけれど、僕はどちらがどちらなのかを知らなかった。葉書の表裏もうろ覚えなくらいだ——強いて思い出すならコインも葉書も、普通に考えた場合の逆だったような。まあ、確率は二分の一なのだから、どちらを選んでも同じはずだ。

「それではお立会い」

と、戦場ヶ原はコインを親指で弾いた——己の人生が（無意味に）かかっているコインを、いともたやすく。本当、こいつだけはどういう神経をしているのかわからない——少なくともその弾きかたには、何の工夫も作為も感じられなかったのだが。

戦場ヶ原は真上に弾いたコインを受け取らなかっ

た——そのまま机の上に落下するのに任せた。もしも純粋なコイントスにイカサマの余地があるとするなら、弾いたコインを受け止めた際に、その表裏を手の内で操る他にないはずだが、しかし少なくとも戦場ヶ原はそんな手を使わなかったわけだ。

机の上でくるくるとしばらく回転していた百円玉は、やがて勢いを失って、ぱたりと倒れた。

つまり——こういう場面にありがちな、『百円玉が立ってしまう』というような意外な結末はなかったわけだが、しかし果たして、意外と言えば意外な目が現れた。

示されたのは桜の絵が描かれた面だった。

つまり裏面だった。

「……いやいや」

勝利を収めた僕のほうが首を振る。

なんだこのぐだぐだな結果は。この意味のない展開は。

「何がしたかったんだよ、戦場ヶ原。普通に負けてんじゃねえか、お前」

「何を言ってるの？　私の勝ちじゃない」

堂々と、かつ飄々《ひょうひょう》と、顔色ひとつ変えずに、しかし戦場ヶ原は言う。悪びれたところはひとつもない——ましてそれは、一生僕の奴隷になることが決定した者の態度ではなかった。むしろ女王の振る舞いだった。

「だってほら。表が出てるじゃない。表が出たら私の勝ちという取り決めのはずよね？」

「え？」

言われて僕は見直す。うっかり見間違えたのか？　人のいいことにそんな風に思ってしまったわけだが、先刻見たときと何も変わらず、百円玉は桜の側を示している。

「え？　ええ？　まさかお前、言った言わないの議論にする気か？　私は桜の側が表だと言ったはずとか？　それで人を欺いたとか主張するつもりじゃないだろうな。そんなの認めないぞ。お前は確かに、数字の書いてある側が表だと言った」

「そうね。数字の書いてある側が表と私は言ったわ——だから私の勝ちなのよ、阿良々木くん」

そして戦場ヶ原は。

机の上の百円玉に人さし指を近づけた——さながらこっくりさんでも始めそうな感じだったが、しかし実際には彼女の指先は百円玉に触れず、その直前で止まった。

止めたところで彼女は言う。

「ここに書いてあるじゃない。数字が」

「…………」

見れば。

確かに書いてあるのだった——桜の模様の下に、『百円』と。

小さな文字で。

むろん手書きなどではない、桜の上に『日本国』と書かれているのと同じように、『百円』と書かれている——刻印されているのだ。

「硬貨って、どちらの面にも数字が書いてあるのよ。だからコイントスでは、数字の面に賭ければ、絶対に勝てるの」

言って戦場ヶ原は、その百円玉をひょいっと手中に収めた。

僕は唖然《あぜん》状態だった——いや、確かにそれは、盲点と言えば盲点ではある——白状すれば、僕は今の今まで、そんなところに数字が書かれていることを意識してさえいなかった。だが言われて思い出してみれば、百円玉のみならず、一円玉でも十円玉でも、五百円玉でさえ、片面には大きく、もう片面には小さく、それぞれの額が確かに、はっきりと刻印されている。唯一片面にしか金額の表記がない五円玉でも、金額表記の反対面には『元号』という数字が書かれているのだ。

だけど……。

これで彼女は僕を欺いたと、本当に言えるのか？

「だって、バレバレじゃないか——言った言わないの議論にはならないけれど、お前が僕を引っ掛けたことは見え見えだぞ?」

「だからそれでいいのよ。それが欺くってこと——騙すのとは違う」

都合よく、一回で桜の側が出てくれてよかったわ——私は本当、ついているんだかついていないんだか——と、前置きをしてから、戦場ヶ原は言った。

「つまり上手に嘘をつくコツはね、阿良々木くん。バレても気にしないこと」

みんな、いい人になりたがる。

みんな、いい人でありたがる。

だから嘘がバレないように取り繕う——それを諦めれば。

人間、嘘なんていくらでもつける。

「嘘をつく目的は自分がいい思いをすることであって、相手を騙すことではない——だから自分がいい思いをするためなら、相手がどういう思いをしようと、相手にどう思われようと、気にしない。いい人になりたいのか、いい思いをしたいのか、その辺りをはっきりしておかないと、どっちつかずで終わるでしょうね——どう? 参考になったでしょ?」

言って、戦場ヶ原は百円玉をもう一度弾いた。

真上でなく、僕のほうに向けて——僕はそれを受け止めた。

「参考にはなったが……」

僕は手の内の百円玉を確認しつつ、まあ、それは僕には真似のできない生きかただとは思いつつ——つまりまったく参考にならなかったと思いつつ、彼女に問うた。いったい彼女は、齢《よわい》十八にして、どうやってそんな嘘のつきかたを身につけたのだろう、誰かに教えられでもしたのだろうかと、不思議に思いながら。

「いいのか? これ。返してくれて」

「いいのよ。阿良々木くんの前ではいい人でいたほうが、いい思いができそうだもの」

私は阿良々木くんとは、と。

例によって何の感情も込めず、戦場ヶ原は平坦《へいたん》に言った。

「表裏のない関係を築きたいもの」

いや。

案外、感情は込められていたかもしれない。

# なでこミラー
## 000

ロバート・ルイス・スティーブンスン『ジキル博士とハイド氏』、行ってみましょうか。ええ、もちろん気取って読みましたとも、ごめんなさい。撫子みたいな中学生（撫子の名前は千石撫子といいます、こんにちは）が活字の本を、それも海外文学を読む理由と言えば、大抵は格好つけと相場が決まっています（だんげん）。種を明かせばこの本は、かつて暦お兄ちゃんが撫子の部屋に遊びに来てくれたとき、本棚に並べておいた伊達《だて》蔵書のうちの一冊なのです。その後、お片づけの際に手に取ったという運びです。読書慣れしていない撫子にも抵抗の少ないページ数だったことが、手に取った一番の要因かもしれませんね。なんにせよ、読書というのは出会いです。とても面白く読ませていただきました。もちろん有名なタイトルなので、なんとなくのディテールは存じ上げていましたけれど、そういう漠然としたイメージをいい意味で裏切る名作でした。

さて、名作を読むと誰かに自慢したくなるのは人情というものです。そんなわけで撫子は読了後、友達の月火ちゃんに電話をかけました。

「『ジキル博士とハイド氏』？　ああ、それはひょっとして、『The Strange Case of Dr. Jekyll and Mr. Hyde』のことを言っているのかな？　うん、読んだ読んだ、懐かしいなー。読んだの小学生の頃だから、細かい部分はおぼろげだけど、とても興味深いテーマだったよね。へー、撫子ちゃん、今読んだんだ」

……既読でした。

身の丈に合わない読書自慢は、相手が既読だったときのダメージが半端じゃないです。あと月火ちゃん、原題の発音の良さが半端じゃないです。

　ともあれ出鼻を挫かれた感じの撫子でしたけれども、しかしここで挫けないのが撫子の頑張り屋さんなところでした。相手が既読なら既読で、できる話もあるのですよ。撫子は訊きました。

「月火ちゃん、どう思った？　えっと、その……、だから、ヘンリー・ジキル博士と、エドワード・ハイド氏の関係について。鏡映しみたいに対称的っていうのかな……」

　慎重に言葉を選びます。的外れなことを言うと恥ずかしいですからね。迂闊な発言をしたら、月火ちゃんを喜ばせてしまいます。読書初心者の撫子のことです、ひょっとしたらとんでもない誤読、曲解をしている可能性がなきにしもあらずでしょう。

「清廉潔白な『だけ』のジキル博士に対して、悪逆非道な『だけ』のハイド氏って、正反対で、全然違う性格みたいに思えるけれど、じゃあ互いに憎み合ってたかと言えば、そんなことは全然ないわけじゃない。むしろ互いに必要とし合ってたみたいな……」

　なんだか、あらすじをそのまま説明している、へたっぴな読書感想文めいた撫子の物言いでしたが、月火ちゃんはその辺、ちゃんと撫子の意を汲んで、

「そうだね。そりゃあ仲良しとは言えないにしても、あの二人は凸凹コンビみたいなところがあったよね――磁石のS極とN極が惹かれ合うように、ジキル博士とハイド氏は、惹かれ合った。ハイド氏がジキル博士を必要とする感覚は、それでも比較的わかりやすいけれど、ジキル博士がハイド氏を必要とする感覚は、ちょっと周囲からはわかりにくいかもしれないよね」

　と、同意してくれました。

　どうやら月火ちゃん、今日は機嫌がよいようです。あたりの日ですね（外れの日のほうが多いです）。

「実際、ジキル博士の友人達も、どうしてジキル博士がハイド氏を庇うような振る舞いをするのか、不

思議がってたもの——遺産をハイド氏に遺すって遺言状を、弁護士のゲイブリエル・ジョン・アタスン先生に託すに至っては、もう不思議を越えて不審行動でしょ。どうしてそんなことをしようと思ったのかが謎めいてる」

細かいお話はおぼろげだと言いながら、さすがは月火ちゃんです、本の内容について結構突っ込んだことを言ってきました。こうなるとむしろ、読んだばかりの撫子のほうがたじたじでした。でも頑張ります。頑張っていることが伝わるまでは頑張ります。

「そう考えると、ハイド氏がジキル博士を求める気持ちよりも、ジキル博士がハイド氏を求める気持ちのほうが強かったのかもしれないよね……清廉潔白が悪逆非道を求める気持ちを、理屈で納得しようとしても腑に落ちないっていうか、無理がありそうだけども」

ただ、理屈ではない感情レベルでは、わからなくもない話です——少なくとも作中、ジキル博士がハイド氏という悪いお友達の魅力について語る様子には、一定の説得力があります。

善は悪を憎み、悪は善を憎む——というのはあくまでも一面的な見方であって、善が悪を羨《うらや》み、悪が善を羨むという側面も、両者の間には成り立つのかもしれません。

「結局人間は、自分にはないものを他者に求めるところがあるからね——ほら、撫子ちゃんは私に憧れているけれど、でもだからってそんな撫子ちゃんから私が学ぶところが一切ないかって言えば、そんなことはまったくないわけじゃない？」

私が月火ちゃんに憧れていることに、勝手になっていました……いや、まあ憧れてますけれど。ともすると自己否定に走りがちな撫子にとって、月火ちゃんの自己愛の強さは尊敬の対象です。

「こうはなりたくないって思いつつも、私、撫子ちゃんのひたむきで一本気な気質には圧倒されるもんね」

「こうはなりたくないって思ってるんだ……」

前置きが重過ぎて後半の褒め言葉が聞こえません。

「ただし」

月火ちゃんはそこで、出し抜けに雰囲気を変えて、言いました。

「あの二人の関係をどう思ったかっていう最初の質問に答えると、あんまりいい関係じゃないって言わざるをえないよね。正反対の性格の二人が一緒にいることで、二人とも駄目になっていく。建設的な関係とは言えないよ。お互いに幸せになれない、破滅的な関係……」

幸せになれない、破滅的な関係。

周囲から理解されない、破滅的な関係。

しかしながら、世の中を見渡せば、そんな関係は決して珍しいものではないようにも思えます。人間関係なんて割り切れないもので、互いの関係は互いの中にしかないとまとめてしまえば、それで議論はおしまいですけれど、ただしジキル博士とハイド氏の関係については、それで終わりにしたくない何かがありました。その突き放すような言いかたに、月火ちゃんも似たような読後感を得たのでは……と思います。

「撫子ちゃんだったら、どう？　もしも自分と正反対の性格の子が目の前に現れたら、その子のこと、好きになれると思う？」

「え……どういう意味？」

「だから、真逆《まぎゃく》の撫子ちゃん。逆撫子《さかなでこ》ちゃんとご対面したとき、仲良くできると思う？　そういう子と、合うと思う？」

「うーんっと……」

逆撫子という秀逸なネーミングセンスにはときめきますけれど、しかし自分と真逆の性格の女の子というのが、うまくイメージできません。明るくて、快活で、社交的で、本をたくさん読み、人の目をまっすぐ見られる、真面目な子……でしょうか？

そう考えると好きにならずにいられない、非の打ち所もない気もします……ただ、そうなると、こちらがどう思うかはともかく、あちらからは嫌われそうですよね。

嫌われると言うか、怒られると言うか……。

「でも、仲良くはできないかもしれないけど……、合わないかもしれないけれど、会ってみたいかな」

「嫌われても？　怒られても？」

「うん」

会ってみたいし、見てみたいです。その子に出会うことで、新たな『千石撫子』に出会えるような気がしますから――さながら鏡を覗くのにも似た動機ですが、でも、彼女の反射率はきっと鏡以上でしょうから、出会いがしらに石像になってしまわないよう、気をつけねばですね。

もしも怒られても、そのときは――と、撫子は言います。こういうところがきっと、逆撫子ちゃんには嫌われるんだろうなあと思いつつ。

「撫子が怒られたら済む話だよ」

# しのぶサイエンス 000

アイザック・アシモフ著『わたしはロボット』(原題『I,ROBOT』)の冒頭で紹介されておるのが、あの高名なロボット工学の三原則じゃ——この本はいわゆる連作短編集なのじゃが、どの短編も、三原則に翻弄される人間とロボットの関係性を描いておる。この儂、忍野忍が一番心躍ったのは、収録されておる六篇目『迷子の小さなロボット』(原題『Little Lost Robot』)じゃったかの——己よりも劣っている者に隷属しなければならぬロボットの悲哀《ひあい》と、定められたルールに生じたわずかな隙を突き、人間を出し抜こうとするロボットのしたたかさは、五百年生きた吸血鬼の儂から見ても、はなはだ痛快じゃった。

「ふうん……そう言えば忍お姉ちゃんはSFが好きなんだったね。長生きくらいしかすることのないお化けは、どうしても未来の文明に思いを馳せてしまうのかな」

人形娘——暴力陰陽師の式神、斧乃木余接《おののきよつぎ》——は、まるっきりの無表情とまるっきりの無感情で、そう頷いた。

「残念ながら僕はSFは、まだ『ディアスポラ』しか読んでいないんだけれど」

「嘘をつくな」

どんな見栄の張りかたじゃ。

人形で式神という属性からしてこの娘はほとんどロボットみたいなものなのじゃが、しかしそこは果たして暴力陰陽師の主義なのか、どうやらこやつには三原則は組み込まれておらんらしい。

「三原則？　シアン・マゼンタ・イエローかい？」

「それは三原色じゃ。あと忍お姉ちゃんなどという ふざけた呼びかたを許可したおぼえはないぞ」

「忍お婆ちゃんと呼んだら怒る癖に」

「怒らいでか」

「僕はSFは、まだ『ディアスポラ』しか読んでいないんだけれど」

張った見栄は剝がさんようじゃった。

この頑固さはなかなか見るべきものがある。

「文明の利器に振り回される人間というテーマには僕なりに興味があるね。いや、ロボットじゃなくて、SFでもなくて、ここにあるリアルとして、人間って基本的に、文明の発達と共に自滅していく傾向があるじゃない？　進化よりも退廃大好きじゃない？　先鋭よりも先細りじゃない？　科学の産物は、自分で作った便利アイテムのはずなのに、どうして使いこなせないんだろうって思うよ」

「まあ、大きく『人間』とひとくくりにしたところで、文明の利器を『作る人間』と『使う人間』は、大抵の場合別じゃからのう……」

また、『科学の産物』というくくりも、決して十把一絡げにはできまい――言うてもそれらは千差万別じゃ。とはいえもちろん、人形娘の言いたいことは、ある程度わかる――自滅というのはやや言葉が強過ぎる感はあるがの。

「言葉が強過ぎる？　ああごめん、別に自分で作った眷属の吸血鬼に謀反を起こされて、哀れ搾りかすになった忍お姉ちゃんのことをあてこすっているわけじゃないんだよ？」

「やかましいわ」

誰にも使いこなせない式神であるうぬに言われたくはない――と儂は言い返そうとして、ふと、思い立つ。

仮に文明の利器――自動車でも携帯電話でもゲーム機でも兵器でも、この際なんでもよいのじゃが――に意志があったとして、そやつは己が機能を、人間に使いこなして欲しいと思うものなのじゃろうか？

　劣った者に支配されるのが屈辱であることは前提として、支配を受けること自体も基本的には苦痛であるとして――ならば己の機能を十全に発揮させてくれるような、すべての引き出しを開けてくれるような優れた支配者に支配されることも、やはり不本意となるのじゃろうか？

「それは無意味な仮定だね。現実世界で機械に意志とか持たせ始めたら、それはＳＦじゃなくてファンタジーだよ、忍お姉ちゃん」

「再びやかましいわ」

　それもまた憑喪神《つくもがみ》のうぬに言われたくはない。

　と言うか、言うては駄目じゃろ。

「そもそも」

　と、人形娘は儂からの非難の視線など気に留めることもなく、無表情かつ無感情で続ける。なにかないのかこやつには。

「優れた支配者という存在もまた、ファンタジーでしょ。そんな奴は存在しない。そういう奴にいてほしいという欲求が、人間社会に大なり小なり、不幸を招いてきたんじゃないのかな」

「ふむ……」

　未読の奴が抜かしよるわ。

　大なり小なりというのは数学用語であって、それを言うなら多かれ少なかれではないのかと、突っ込まないでおいてやろうという寛大な気持ちになれるくらいには、儂は感心した。

「面白そうな話じゃな。続けろ」

「続けろと言われても、思いついたことを言っているだけだから、この先は別にないんだけれど……まあ、それでもリクエストに応えてあえて言うなら、優れた存在は、支配する側よりも支配される側、使うよりも使われる側に回りがちだよね。そりゃそうだ、支配する側の視点に立てば、優れてない存在を支配する意味はないんだから」

「かかっ――無能な支配者に有能な奴隷。必ずしも強者が弱者を支配するわけではないというのは、儂やうぬにとっては、身につまされる話じゃのう」

「そう。弱肉強食という言葉はわかりやすいけれど、実際の強弱の関係は、そんなにシンプルじゃあない。ジャイアントキリングなんて、社会の中じゃあ頻繁だと考えられる」

社会でのし上がるコツが、自分より上の奴をどうやって自分より下に落とすかなのは、今も昔も変わらない――と、人形娘は知ったようなことを言った。

下剋上か。

のし上がるというのは、また言葉が強いが。

『わたしはロボット』に登場する『人間性協会』も、そう言えばロボットの反乱を危惧して活動しておるんじゃったかの――しかし人形娘が未読なので、それには触れんほうがよかろう。この人形娘は単純に暴力陰陽師に支配されておるというわけではないし、人間の下についている意識はなかろうじゃが……そもそも意志がないのか？

ただ、意志がなくとも、思いつくことも考えることもできるというのは、興味深いところじゃ。実のところ色々示唆に富んでおる気もする。

「ふん。しかしまあ、話がそこまで進むと、元より頂点に立っておった儂には、ようわからんな」

「元は頂点でも今は最底辺の都落ちだからわかるんじゃないの？」

「誰が最底辺の都落ちじゃ」

「支配者も、そう考えればまったく楽じゃあないよね。自分よりも優れた存在を統治する役割を負うというのは、思いのほか面倒そうだ――いっそすべてを投げ出したくなるくらいに、都落ちしたくなるくらいに。あなたも、投げ出しちゃったほうでしょう？」

「…………」

「最初の話に戻るけれど、自分で作ったものを使いこなせなくなるのは、じゃあ当然なのかもしれないね。自分ではできないことを実現しようとして、人は文明を発達させるんだから。手に余る大きさなんだよ、元々」

「じゃからと言って、今更原始時代には戻れまい。文明と共に滅びるしかあるまいよ」

「文明だけ残ったりしてね」

笑えんジョークを、にこりともせずに言いおった。昔ならば『僕はキメ顔でそう言った』と付け加えたところか——確かに、アシモフの描いた『わたしはロボット』の未来世界とは違い、三原則が公布されておらんこの現実では、人間と科学がいつまでも共存していくとは限らぬ。

儂は想像する。

人間がいなくなり、誰もいなくなった、自滅で死滅の世界を——儂が滅ぼさなくとも、滅ぼすまでもなく、滅んでしまった世界を。なるほど、確かにそこに広がるのは、魑魅魍魎の妖怪変化よりは、複雑怪奇な文明の利器が跳梁跋扈していそうな光景じゃった。ならば儂はそんな光景にぞっとして、きっとこう言うのじゃろう。

「——ぱないの」

# ひたぎフィギュア

## 000

アニメから入ったかたはもちろんのこと、フィギュアから入ったかたにはまったくわけのわからない、繋がらなくなってしまうシチュエーションだとは思うが、暴力陰陽師・影縫余弦《よづる》さんの式神であるところの斧乃木余接との奇妙な同居生活が始まった直後頃、戦場ヶ原ひたぎが阿良々木家を訪ねてきた。何をしに来たのかと言えば、僕の受験勉強の様子を見に来たのである――つまり、訪ねてきたと言うよりは、『阿良々木くん、お勉強をサボってないでしょうね』と、尋ねてきたと言うのが正確なところだ。

ただ、実際には彼女はその質問を口に出すことはなかった――なぜなら、彼女は僕の部屋に置かれたぬいぐるみを見て、絶句したからだ。毒舌でならした戦場ヶ原が二の句が継げない状況というのもなかなかのシチュエーションだが、しかし当然ながら、男子高校生の部屋にぬいぐるみがある程度のことで、絶句する彼女ではない。

そのぬいぐるみこそが正に斧乃木余接だったから、戦場ヶ原は絶句したのだ。

「いえ、別にこのぬいぐるみの正体がなんだったところで、彼氏の部屋に等身大の人形少女が置いてあったら私は絶句するけれど……」

ドン引きしていた。

一瞬後ろを振り返ったのは、別に帰ろうとしたわけではないのだと思いたい。

「何これ。どういうこと？　彼女として説明を求めるわ」

「いや、色々わけはあるんだが……、説明しようとすると、色々と不具合が……」

不具合と言うか、ネタバレだ。

怪異がらみのことで戦場ヶ原に秘密を持たないと誓った僕ではあったが、別に内緒にしようというわけではなくとも、説明の難しいことはある。果たしてかつて殺し合ったとも言える相手をぬいぐるみとして家に置いているという状況を、どう論理立てて説明する？

「……まあ、阿良々木くんの受験勉強の妨げにならないのであれば、なんでもいいのだけれど。段々妖怪ハウスみたいになってきていない？　阿良々木くんの家」

「妖怪ハウスって……」

酷い言い草だ。

しかしまあ、僕自身が妖怪みたいなものだと思えば、僕が住めばどこだって妖怪ハウスになってしまいかねない――とは言え、斧乃木ちゃんは人前では完全にお人形さんの振りをしてくれているので、戦場ヶ原に指さされようと撫でられようとほっぺにチューされようと、無反応だった。

振りではなく、正しくお人形さんなのだが――

「ていうか何してんだ、お前は。僕のぬいぐるみに。ほっぺにチューするのはおかしいだろ」

「好奇心を刺激されるわ。そして忘れているかもしれないけれど阿良々木くん、私は可愛い女の子が大好きなのよ」

「それ、神原の設定じゃなかったっけ……？」

神原が一方的に戦場ヶ原に懐いていたという、ヴァルハラコンビの設定も、いい加減怪しくなってきた。

「これ、持って帰っちゃ駄目？」

「駄目に決まってるだろ」

「どうしてもダメ？」

「片仮名にすれば、なんで通るんだよ」

「ドウシテモダメ？」

「片言になってどうする！」

僕達のやり取りにも斧乃木ちゃんは無反応だった。

戦場ヶ原がインターホンを鳴らすまで、動いて喋っている姿を知っている僕さえ、本物の人形なんじゃないかと思うほどの人形っぷりだ――いやだから、斧乃木ちゃんは本物の人形なのだが。

ただし本《もと》を正せば材料は人間の死体であるということを思い出すと、恐ろしくおぞましいものが僕の部屋にあるということになりかねないのだった――それを撫で撫でしている戦場ヶ原の姿も、魔女さながらだ。

「そう。どうしても駄目なのね。でも私は、阿良々木くんの駄目を思って言っているつもりだったのだけれど」

「阿良々木くんの駄目を思うな。思うなら阿良々木くんのためを思え」

僕は言う。

「で、僕のことをどう思えば、お前が斧乃木ちゃんを持って帰るって話になるんだよ」

「だって受験勉強をするのに、こんな可愛らしいぬいぐるみにじっと見られていたら、気が散っちゃうでしょう？　集中できなくなるんじゃなくって？」

「じゃなくって？　って……」

夫人かよ。

ただしそれは鋭い指摘だった。

厳密に言うと斧乃木ちゃんは、僕ではなく、妹の月火の持ち物ということになっているので、ずっと僕の部屋にいるわけではないのだが、ただ、彼女の見てくれの可愛さにかかわらず、誰かに見られながら勉強をするというのは、あまり心地のよいものではない。

「ふふ。でも大丈夫よ、阿良々木くん。こういうこともあろうかと思って、持ってきたものがあるの」

「こういうこともあろうかと思っていたんなら、冒頭で絶句したお前と繋がらなくなるだろうが」

「阿良々木くんの明暗を分ける私の名案、聞きたい？」

「聞きたくはないが……」

聞かざるを得ない。

「可愛いフィギュアを無効化するためには、より可愛いフィギュアを用意すればいいのよ。じゃーん」

戦場ヶ原はそんな効果音と共に、持ってきていた鞄からそれを取り出した。

「グッドスマイルカンパニーさん製作、ねんどろいど『戦場ヶ原ひたぎ』。机の上にこれさえ置いておけば、たとえどんなに気が散ろうと、サボる気なんて起きないに違いないわ」

「…………」

こいつ、なんの衒《てら》いもなく、本当に素直なタイアップみたいなことしやがった……！

名案も何も、よく考えたら僕を見る視線が倍に増えただけのような気もするけれど、というわけで、最後には僕が絶句したのだった。

「おはようからおやすみまで、暮らしを見守るひたぎフィギュア。㊟髪の毛は伸びません」

「取り替えられるけどな」

「受験のお供に一家におふたつ、如何《いかが》でしょう」

「もうひとつ買ってもらおうとするな」

# ひたぎサラマンダー

# 000

　レイ・ブラッドベリ『華氏451度』と言えば、出版規制や言論弾圧、検閲強化の動静が世間を騒がせるたびに取り上げられる、いわゆる焚書を描いた一冊だが、そういった視点から離れて読んでみても、きちんと群を抜いたエンターテインメントとして完成していて、しかも遊び心に満ちていて、俺のようなすれっからしを楽しませてくれる。案外この本、先入観なしで読んだほうがより面白いんじゃないのか？　そもそも主人公のガイ・モンターグからして、本を燃やす側の人間だしな。消防士みたいな格好をして、ホースから石油を撒いて本を灰まで焼く焚書官。ロックじゃないか。そんな彼が、クラリスという十七歳の少女と出会って変わっていくストーリーだと読み解けば、実に良質なボーイミーツガールだ──もっとも、モンターグはボーイというような年齢ではないが。

「『華氏451度』なら読んだけれど──そんな話だったかしら？」

　と、戦場ヶ原はツンとした声で言う──俺とは雑談ですらしたくないという態度だ。もっとも濫読家の戦場ヶ原にしてみれば、かの名作をそんな風に語られるのが気に入らないというのもあるのかもしれない。あれか、シャーロック・ホームズを推理小説ではなくキャラクター小説として読み解かれるのを嫌う、生粋のミステリーファンみたいなものか。だが、本をどのように読むかは、本来、自由である。どんな読みかたも平等であり、貴賤はない。それを規制し出したら、言論弾圧となんら変わりがなかろう。

　その点を指摘したら戦場ヶ原が嫌な気持ちになる

だろうと思ったので、すぐさま指摘してやった。すると彼女は更に気分を害したようである——当然だが。

「馬鹿にしないで、そんなことは思っていないわ。本当に記憶がおぼろげなだけ。四回読んだけれど、四回とも感想が違うわね——一度目は小学二年生のときだったから、『華氏』を『はな氏』と読んで、『誰？』って思っていたわ」

「馬鹿にしないでと言うが、そんな奴を馬鹿にしないで誰を馬鹿にするんだ？」

　言ってから『しまった』と思った。触れずにスルーするべきだった。こんな返しをしてしまった時点で、この小娘の巧みな話術に乗せられたようなものだ——うっかりした。俺が一方的に戦場ヶ原の失言を批難するという展開が、ただのやり取り、ラリーにされた。己を道化に仕立てることで、相手をオーディエンスにしてしまうセンスは、演技性人格であるこの娘独特のものであり、俺には不向きな騙しのテクニックだ。

「二回目は小学校高学年のとき。『華氏４５１度って、それより前に人が燃えない？』って思ったわね」

「ひねたガキだったんだな」

「仕方ないわ。酸化ナトリウム暮らしだったもの」

「$Na_2O$？」

「間違えた。サナトリウム暮らし」

「…………」

　戦場ヶ原は俺の沈黙に応《こた》えた風もなく、

「三回目は……中学生の頃。夏休みの課題で読んだのよ。これは模範的な読書感想文を書きました。意味深に原稿用紙の端を焦がすというアレンジもした上で」

　と続けた。

「先生には結構本気で怒られたけれど」

「いい先生だな。四回目は？」

「四回目は、高一……」

　言いかけて、何か不愉快なことでも思い出したかのように、戦場ヶ原は自ら下唇を噛むことで、台詞を強引に止めた。ひょっとしたら舌まで噛んだかもしれないくらいの強引さだった――そこまでして言いたくないこととはなんだろう。

いや、感想や本の内容云々ではなく、読んだ当時、つまり高校一年生の頃の話を、俺としたくなかっただけかもしれない。なにせ今から二年前のその頃、まさしく俺とこの娘は遭遇したのだから――それをまさか、ボーイミーツガールというつもりは毛ほどもないが。

「……ともかく、四回読んだのだけれど。あなたが言うような話だったという感想はなかったわ。……まあ、小説って、読む人によって解釈が違うという意味では、最たる媒体かもしれないわね」

「同じ本を四回も読む奴がいるというのが、俺にとってはなかなかのカルチャーショックだがな」

「電子書籍が普及したなら、焚書ってどういう風に行われるようになるのかしら？　デジタル機器は、華氏451度では燃え上がらないように思うけれど」

「壊すには十分な温度だろう」

もっとも、デジタル機器のデータを消去したいなら、燃やすのよりも、もっと効率的な方法がありそうなものだが。

「そうね」

と、戦場ヶ原。

「まあ、『華氏451度』が出版された一九五〇年代ならばともかく、他にも多数の媒体が存在する今の時代、本はもう、石油をかけて燃やすほどの対象ではなくなっているのかもしれないわね」

「人類の二大発明は『火』と『紙』だが――その両方が今、もう時代遅れになっていると言うのか？　どうなのかね、あまり実感はないが」

活字離れが進んでいるという。

本を読む人が減っているという。

電車の中で本を読んでいる乗客なんてすっかり見かけなくなったという――本当にそうか？　俺の実

感としては、電車に乗ったとき、その車両の中で一人も本を読んでいないなんてことは、まあないのだが。

「ボーイミーツガールではないにしても、焚書官モンタークは、クラリスと出会ったのち、考えを変えていくわけじゃない？　そういうのって、あなたはどう思うの？」

「ん？」

早く俺との会話を終わらせたがっていると思しき戦場ヶ原にしては、話題を広げかねない振りだった——嘘をついてもよかったのだが、まあここは正直に答えておくことにした。

「とても感動したとも。本の魅力を知り、影響を受け、心変わりしていく焚書官の姿に、俺は自分を重ねずにはいられなかったね」

「…………」

戦場ヶ原はしばらく黙り、やれやれとばかりにため息をついたのち、「いえ」と言う。

「私としたことが迂闊にも、あなたのような人間でも、いつかは変心をすることがあるんじゃないかと、しなくてもいい期待をしてしまったわ」

「お前は——したんだっけな。その変心を」

「ええ。でもそれは」

変心ではなく。

恋心なのだけれどね。

と、彼女は呟いて——今日、初めて微笑んだ。

何か因縁をつけてやりたくもなる道化振りだったが、しかし、これに限っては計算あっての発言ではなさそうだったので、スルーしておいてやることにした。

触れる気にもならない。

触れたらきっと火傷する——まったくお熱いことである。

今回の件から俺が得るべき教訓は、読書尚友とは言うけれど、恋人は今を共に生きる現役に限るということだ。

# ひたぎスローイング

## 000

戦場ヶ原ひたぎを長年に亘って信奉し続けるこの身からこんなことを言えば、何というか一種の裏切りめいた発言になってしまうかもしれないけれども、中学一年生のとき、初めてあの人と接点を持った際に抱いた印象は、あんまりいいものではなかった。

というより、有体《ありてい》に言って悪かった。

なんだこの人と思った。

もう少し砕けた言い方が許されるならば、「やばい人が来た」と思った——勘弁して欲しい、もうかなり昔の話だし、また当時の私は小学校を卒業したばかりの、見た目も中身も、知能も性格も、悪ガキというに相応《ふさわ》しい佇《たたず》まいの十二歳だったのだ。

ただし、戦場ヶ原先輩のほうに責任がまったくないのかと言えば、そうではないとだけは主張しておきたい——強調したい。そもそも陸上部のエースであるあの人が、バスケットボール部が練習中の体育館に乗り込んできたときは、すわ殴り込みかと、バスケットボール部員の誰もがたじろいだものだった。陸上部員のみならず、当時の取り巻き（二、三年生だけでなく、一年生も混じっていた）を引き連れての大名行列だったのだから、さもありなんと言うか。

スラムダンクで言うところの、ミッチーが現れたときみたいな感じだった。

にっこりと、優しく微笑《ほほえ》んではいて、柔らかい物腰だったものの、それが却って怖かった——取り巻きの人達の気迫は尋常じゃなかったし。

「あなたが神原さんでして？　おみ足が速いとの噂をうかがいましたわよ——お邪魔にならないようでしたら、見学させていただいてもよろしくて？」

貴婦人か。

と突っ込みたくなったけれど、実際当時の戦場ヶ原先輩は、そんな風だった――さながら少女小説から抜け出てきたような振る舞いだった。

こんな人実在したのか、とぞくぞくした。この場合の『ぞくぞく』というのは、はっきり言って、そんなにいい意味ではない――今から思うと、どん引きという感情が一番近いような気もする。

要は異質だと、直感したわけだ。

この人は違う、と。

それは実のところ、第一印象と、言葉だけ取り上げると同じでもあった――もちろん戦場ヶ原先輩は有名人だったので、その御芳名は入学直後から、私がバスケットボール部に入る以前から聞いていたのだ。

羽川先輩と並んで、あの人は我が母校の二枚看板だった――この中学校でやっていこうと思えば、その両名にだけは矛を向けてはならないと（入学式で先生から）言われていた（どんな両名だと思ったが、しかし、概《おおむ》ね間違っていない注意事項でもあった）。

ただし、私はご存知の通り、諸事情あって足の速さ、走るスピードについて並々ならぬこだわりを持つ十二歳だった――これもまた同じ諸事情で、陸上部に所属するわけにはいかなかったから、仮入部というわけではなかったけれど、しかし陸上部のエースだという戦場ヶ原ひたぎ先輩に興味を引かれ、四月の時点で、グラウンドにあの人の走りを見学に行ったのだ。

人間はこうも美しく走れるのか。

と、息を吞んだ。

私の走りは、きちんとした指導を受けてのものではない――今に至ってもスプリントの専門教育を受けたことはないので、私の走りは独学の傾向が強い。それはそれでひとつのスタイルなので、特にその点にコンプレックスを抱いているつもりはないのだが、しかし私のがむしゃらな走りとはあまりにも対照的なほど、戦場ヶ原先輩の走りは美麗だった。

人間の走行の完成型。

まさしく好見本だった。

しかしそれを真似できないと思った——この人は私と違うし、私もこの人とは違う。

異質なのだ、と痛感した。

あと陸上部のユニフォームはエロいと思ったが、それはこの際関係ない。もとより陸上部に入るつもりは、だからなかったのだけれど——その美走を見て、完全に諦めがついたとも言える。

吹っ切れた。

裏を返せば、バスケットボール選手としての私がその後に存在したのは、戦場ヶ原先輩の走りがあったからこそという言い方もできるわけだ——そんなきっかけ、もう今となっては忘れてしまうほどに、私はバスケットボールに熱中していたわけだが、まあそんな『何が人生の分岐点になるかわからない』というような話は、また別の機会にするとして。

言うならば人生において、私が珍しく人見知りをしたと言うか、かかわるのを積極的に『避けた』はずの戦場ヶ原先輩のほうから私を訪ねてきたというのだから、その事実だけでも十分に私を瞠若《どうじゃく》たらしめるに足るものだったのだが、その貴族の姫君めいた言動に、へどもどせずにはいられなかった——そんなわけで、戦場ヶ原先輩（一派）に見学されながらの練習は、あんまり捗《はかど》ったとは言い難かった。

「よろしくて？　神原さん」

練習終了後、戦場ヶ原先輩からそんな風に声をかけられた——『よろしくて』という声かけについてはまったくよろしくない気もしたのだが、それを差し引いてもどきっとした。

間近で見ると、ひとつ上だとは思えないほどに、大人びた顔立ちの先輩だった。

「噂に違わぬ脚力ですわね——どうかしら。今からでも陸上部に入り直すつもりはありませんこと？　私と青春をかけて、切磋《せっさ》琢磨《たくま》してみません？」

……えらく堂々としたヘッドハンティングもあったものだ。ちなみにその場には、バスケットボール部のキャプテン（三年生）もいたのだが、我関せずとばかりに、まったく戦場ヶ原先輩（二年生）の引き抜き的行為には口出ししてこなかった。

何ボールのチェックしてんだよ。

いくら見ても穴なんて開いてないよ。

キャプテンへのそんな失望もあったが、その失望は脇に置いた上でも、しかしそれは嬉しい誘いではあった——どんな状況であれ、またどんな口調であれ、誇りと言うよりもはや私自身とも言うべき『足』を誉められる、認められるというのは、心躍るものだった。

そういう単純さは、今も昔も変わらない。

私の馬鹿なところだ。

とは言え、だからと言ってそんなスカウトに靡《なび》くほどには、考え足らずな馬鹿でもなかった。考える馬鹿なのだ。私は、先輩のメンツをつぶさないよう、細心の注意を払いながら、丁重にお断りした。

「出直して来な」

あれ？

なんだこの記憶。

誰だこの生意気なガキ——私だ。

権威に対して突っ張りたい年頃だったのだろうか、それとも、それくらい強硬に拒絶しなければ、靡《なび》いてしまいそうな自分が怖かったのか——ともかく、もうちょっと違う言い回しだったかもしれないけれど（そう思いたい）、私は戦場ヶ原先輩からの誘いをおよそそんな具合に断った。

「あらあら。お元気があって結構ですこと。ますます、魅力的に感じますわ」

戦場ヶ原先輩は鷹揚《おうよう》にそう受けてくれたものの（今から思うと、『誰だよ』感が半端ではない）、戦場ヶ原先輩の後ろに控える取り巻きの皆さんの目は、というか眼力は、私を射抜かんばかりだった。

やべえ死んだな。

さすがにそう思ったけれど、しかし今にも身を乗り出さんとした取り巻きの皆さんを、振り向きもせずに片手で制し、笑顔で戦場ヶ原先輩は言う。

「構いませんのよ。私はこういう可愛い子を、手懐《てなず》けるのがたまらなく好きなのですから」

だから誰だよ。

イメージが強過ぎるので、若干私が思い出す戦場ヶ原先輩は実際の中学二年生戦場ヶ原先輩とはズレているかもしれないけれど、しかし概ね、そんな圧迫面接のようなファーストコンタクトだったことは間違いない。

「ではごきげんよう」

そう言って戦場ヶ原先輩は去っていった。

口振りはともかくとして、私の無礼な受け答えにもかかわらず、優雅に。その上品な態度は最後まで貫かれたわけで、さすがに心が痛んだが、しかしこれでいいのだとも思った。

少なくとも中途半端な対応をして期待を持たせてしまうよりはいいはずである——もちろん、学校の有名人の誘いを無下にした私は、これからの女子中学生ライフになんらかの多大なる支障を来すかもしれなかったけれど、しかしまあ、その辺、変に媚びる真似をしても、どうせ私じゃあうまくいかないこともわかっていた。

来るなら来い、受けて立つ——と。

そう思っていたら、本当に来た。

しかし翌日、体育館を再訪したのは、無礼で身の程知らずな私を制裁せんとする取り巻き軍団ではなく、戦場ヶ原ひたぎ本人だった——しかも、今度は一人だった。

「みなさま、よいお日和ですわね。今日も見学させていただいてよろしくて？」

バスケットボール部の先輩達がざわついた——昨日とは違うざわつきかただったのが気になったが、あとで訊いてみると、戦場ヶ原先輩が一人で行動するというのは、とても珍しいことだったらしいのだ。

つるむのが好きというより、いればそこに人が集まってくるタイプのお人柄だったとか——つまり、戦場ヶ原先輩が一人で来たということは、彼女はわざわざ人払いをしてから、体育館を来訪したということなのだ。

なぜ？

出直して来な、という私の暴言を受けて、本当に出直してくるにあたり、単身を選ぶというのは、果たしてどういう事情なのだろう……。

にこにこしながら、有志のバスケットボール部員によって用意された椅子やお菓子を嗜《たしな》みながら、私達の——というより、私の練習を見守る戦場ヶ原先輩の爪外《つまはず》れからは、何も読みとれない。

私も足を見込まれて、バスケットボール部には鳴り物入りで入部したほうだったから、見学者にもそこまで不慣れだったわけでもないのだが、こうも露骨に見つめ続けられると、やはり多少やりにくかった。実際この日も、シュートも結構な確率で外してしまったし、またドリブルの単純なミスも多かった——失敗することなく発揮できたのは、脚力くらいのものだった。それこそが見たいものだったのだから、戦場ヶ原先輩としては、満足だっただろうが。

「ねえ、神原さん。昨日のこと、考え直していただけたかしら？」

「いや、考え直すも何も……」

考えてもいない、とまでは言わなかった。

さすがに二日連続でモーションをかけてきてくれた人に雑な態度は取りにくい。

「ふむ。ではこうしません？　私と百メートル走で勝負をして、私が勝ったらあなたは陸上部に移籍するというのは。素晴らしいアイディアではございませんこと？」

「……つまり、あなたが負けたら、あなたがバスケットボール部に移籍するのか？」

「え？」

きょとんと首を傾げられた。

え、じゃないよ。

意味がわからないわけないだろう。

「それはしませんけれど」

はっきり否定した。

「でも、私が毎日毎日、絶え間なく体育館に来ることはなくなりますわ」

「毎日毎日来るつもりなのか……」

お断りだ、と私は言った。

昨日よりは無礼にならないよう、これでも気をつけたつもりである。

「あら」

と、意外そうに口を押さえた戦場ヶ原先輩。

「おかしいわ、見込み違いかしら」

「なにがだ」

「あなたのような人間は、挑まれたら決着をつけずにはいられないと見込んでいたのだけれど」

「…………」

その見込みは――正しかった。

しかし、そうであれどうであれ、私は誰かと競走をするわけにはいかないのだった。もちろんここで挑発に乗って挑戦を受け、勝利を収めればことは収まりを見せるのかもしれなかったが、しかし負けた場合の被害が想像もつかない。

否、勝った場合だって、それで戦場ヶ原先輩が本当に引いてくれるかどうかだって怪しいし――それならリスクの冒《おか》し損《ぞん》である。

「結構」

わかりましたわ、と言って。

戦場ヶ原先輩は、黙り込んでしまった私をおいて、先に帰っていった――去り際に、食べたお菓子や座っていた椅子をきちんと片づけていくあたり、育ちがよさそうな雰囲気に偽りはないらしいと当たりがつく。

わかってくれたのならこちらも結構だと思ったものの、しかし、考えてみれば戦場ヶ原先輩が何をわかったと言ったのかは、結構謎めいていた。

そしてその謎は、翌日、解けた。

三度《みたび》体育館に現れた戦場ヶ原ひたぎは、昨日までの二回のような、制服姿ではなかった——さりとてエロい、もといスタイリッシュな陸上部のユニフォームだったわけでもなく、では何を着ていたのかと言えば、我らがバスケットボール部のユニフォームだった。

背番号4。

腹側にも書いてあるので、背番号というのは実は違うのかもしれないけれど（ゼッケンナンバー？）、ともかく、キャプテンの番号だった。

振り返って確認すれば、我らがキャプテンはなぜか体操服姿だった——体操服姿で、どこ吹く風でボールを磨いていた。それさっき私が磨いたボールだよ。どれだけぴかぴかにするつもりだよ。それ以上磨いたらつるつるになるよ。

どうやら後輩に頼まれて、チームの象徴とも言うべきユニフォームをレンタルしたらしい。かろうじて保たれていた彼女の権威はこの瞬間決壊したと言ってもいいだろう。

この件片付いたらクーデターだからな。

「陸上では勝負してくれないということでしたから、あなたのフィールドである、バスケットボールで勝負させていただくわ。これでよろしくて？」

「は、はあ……」

本音を言えば、この時点では戸惑いのほうが大きく、決して勝負を受けたい、したいとは思わなかったのだけれど、しかし文字通りの三顧《さんこ》の礼を尽くされてしまえば、一年生としてはもはや選択肢はなかった。

一応キャプテンに許可を取って（『一応』が『キャプテン』にかかってしまっているようにも読めてしまうのが悲しい事実）、コートを半面使って、私と戦場ヶ原先輩はバスケットボール対決を行うことになった。

対決。

決闘、果たし合い。

しかしそんな言葉から想起されるほど、劇的な戦いが演じられたのかと言えば、そんなことはなかった——無論あっけないというわけでもなく、それなりに緊迫もしたのだけれど、しかし種目の内容がフリースロー対決では、いささか熱気には欠けるというものである。一応キャプテン、もとい、キャプテンからの、身体の接触がおこりかねないような勝負は認められないとの制限を受けての種目である——新入部員の私と、アスリートとは言え、バスケットボールを専門とはしていない戦場ヶ原先輩で1 on 1などをして、万が一事故でも起これば大変だから、その制限に文句を言う者はいなかった。

先に十本決めた方が勝ち。

ハンディキャップはなし、という勝負——先攻後攻を決めてシュートを投げ合うだけのシンプルな内容なので、激しい勝負になるわけもなく、順当に始まり、順番に投げ合い、三十分後には終了した。

十対九。

の接戦で——戦場ヶ原先輩の勝ちだった。

互いに何本かは外し合いつつの、抜きつ抜かれつのスコアだったが、先に十本目を決めたのは、戦場ヶ原先輩だった。

「いい勝負でしたわ」

戦場ヶ原先輩はそう言って、長い髪をエレガントにかきあげて、

「神原さん、どうやらあなたには陸上よりもバスケットボールのほうが向いているようですわね——今後とも、その調子で邁進《まいしん》しなさいな」

と続けた——そのまま踵《きびす》を返し、体育館を後にするのだった。

負けた以上は陸上部に入るしかない、なんとかして走り以外の競技（高跳びとか幅跳びとか）にシフトさせてもらわなければと、覚悟を決めつつも姑息な計画を立てつつあった私は、戦場ヶ原先輩のそのよ過ぎる引き際に、一瞬ぽかんとなった。

しかしあくまでほんの一瞬のことだ。

私はすぐに戦場ヶ原先輩の後を追った——それこそ全力疾走で、優雅に歩む彼女にすぐさま追いつき、その手首をつかんだ。

つかむという行為があまりに乱暴というか、野性味あふれるというか、私らしさ全開で、戦場ヶ原先輩も怪訝《けげん》そうに私を振り向く。素に戻っていたのか、キツめの視線だった。

その視線を受けつつ、私は、

「最初からこのつもりだったのか？」

と訊いた——問いつめるような口調になってしまうあたりも、私らしさだった。

「私と勝負して、勝った上で、私の身柄を諦めるというからくりだったのか？」

「……なんのことかしら？　私がどうして、そんなことをしなくてはいけないの？」

とぼける風でもなくそう言う戦場ヶ原先輩に、私は、

「私を守るために」

と言った。

簡単な筋書きではあった——元々、バスケットボール部で名を馳《は》せている私に声をかけてきた目的が、スカウトだったことは間違いないだろう。そしてそのスカウトが、必ずしも成功するわけではないことも、戦場ヶ原先輩はあらかじめ含んでいたはずだ。

予想外だったのは、私が思いの外強硬に——必要以上にその誘いを拒絶したことである。しかも、戦場ヶ原先輩を推戴《すいたい》する取り巻きの皆さんの前で——だ。

その場はなんとか戦場ヶ原先輩が取りなしてくれたものの、悪事千里を走るではないが、入学したての一年生がこともあろうに才媛・戦場ヶ原ひたぎに牙をむいたという噂はすぐに駆けめぐることになるだろう——そうなった場合、私の学校生活のお先は真っ暗となる。

そうなったらそうなったとき、というのが私の考

え方だったが——私の愚考だったが、しかし戦場ヶ原先輩は、そんな有事を未然に防いでくれたのだ。

側近とも言える取り巻きの皆さんを抑えることはできても、しかし遠方の個々人まで把握できるわけもなく——人は善良だが人々は悪意に満ちる。だからこそ戦場ヶ原先輩は、自ら率先して私と決着をつける必要があった——しかも自分が勝った形で、話を終わらせる形でだ。いや、勝つだけじゃあ駄目だ、なるだけ接戦で勝ち、バスケットボール部期待の新人である私の顔も立てねばならなかった。

それゆえのフリースロー対決だった。

……考えてみれば、割と戦場ヶ原先輩の言いなり気味だったキャプテンが、あの場面で半ば強引に勝負のルールを決めてしまうというのは不自然ではあった……、つまり順番にシュートを打つという展開上、スコアをある程度コントロールできるフリースロー対決については、あらかじめ、ユニフォームを借りるときにでも内諾を取っていたという運びだったのだろう（見直して損した）。

もしも二日目の際に私が勝負を受けていたとしたら——そもそもはそれが戦場ヶ原先輩にとってはベストの計画だったのだろうが——そのときはうまく走る速度を調整し、接戦を演じるつもりだったのだろう。

グラウンドでの競走にしても、それにたとえフリースロー対決だとしても、なんというか、当然のように『接戦を演じて勝つつもりだった』というのは大した自信家ではあるが……、かように結果を出されてしまえば、一言もない。

はっきり決着がつき、そして同じくはっきり、公衆の面前で戦場ヶ原先輩が私を認めてしまえば——言うなら神原駿河《するが》にはこのままバスケットボールを続けていてもいいという御免状を与えられたようなもので、私に害を加えようという彼女のファン層は現れまい。

「……仮に、もしも私がそういうことを考えていたとして」

戦場ヶ原先輩は、醒めた口調で言った――先ほどまでとはがらりと雰囲気の違う、打って変わった平坦な口調である。

「あなたがそれを私に言ってしまったら、すべてが台無しになると思わないの？　私の思いやりを、今、ひっくり返したんだと思わない？」

さりげない気遣いには気付かない振りでしょう――と、諭《さと》すように言った戦場ヶ原先輩の手首を、私はそっと離した。

そして手首から先を、握り直す。

今度は柔らかく。

戦場ヶ原先輩の振る舞いを見習って、柔らかく、優しく――おそらくは仲直りの握手でも申し出るつもりかと身構えたであろう戦場ヶ原先輩の、完全に意表をつくような形で、その手の甲にキスをした。

「は……はあ⁉」

と驚きの声、いっそ悲鳴をあげる戦場ヶ原先輩に、私は身体を起こして、

「思わない」

と宣言した。

「なぜなら私は、あなたからのその思いやりを、必要以上に受け取ろうと決意したからだ――戦場ヶ原先輩」

今日から私はあなたの犬だ。

そう言った。

戦場ヶ原ひたぎと神原駿河。後にヴァルハラコンビと呼ばれることになる二人の、これが始点である
――

「馬鹿じゃないの、あなた」

冷笑と共に述べられた戦場ヶ原先輩のそんな受けだけは、たぶん、虚心から出た本音だったのだと今でも思う。

# するがパレス
# 000

A・A・ミルン『赤い館の秘密』を読んで。神原駿河。ミルンといえば、言うまでもなく『クマのプーさん』の作者として有名な童話作家なのだが、その人が書いた唯一の長編推理小説が本書だそうだ。と言うより、だから読んだ。え？　あの『クマのプーさん』の作者が書いた推理小説があるの⁉　読む読む！　みたいなノリだ——こんな私の姿勢を読書家として不純だと仰せのかたもおられるだろうが、食事の仕方ならばともかく、本の読みかたについて、横合いからあれこれ言われたくないものである。

「確かにその通りだし——私もいい加減、濫読家だからね。神原、あなたがどんな風に本棚を構成しようと、それは勝手というものだけれど……けれど、そんな一風変わった方向からのセレクトは、あんまり感心はできないわね。『赤い館の秘密』？」

未読だわ、と言いながら、戦場ヶ原先輩は記憶を辿るような仕草をする。どんなポーズを取っても様になるお人だ、羨ましい。

「でもまあ、何かの機会に筋を聞いたことはあったかしらね——あ、やばい。これ以上思い出したら、メイントリックまで思い出してしまいそう」

どうやら、何かの機会に筋を聞いたときに、障《さわ》りのある触《さわ》りまで聞いてしまっていたらしい——その辺は、古典名作の宿命とも言えよう。否、古典名作に限らず、そして推理小説に限らず、今はなんであれ、ネタバレを避けるのが難しい時代なのだが。

「逆に言うと、『クマのプーさん』の筋のほうをまったく知らないわね。えーっと……、プーさんが実はぬいぐるみだったっていうオチだっけ？」

「それは初期設定だ、戦場ヶ原先輩」

「あらそう」

最近は表情豊かになり、私にしか見せない顔というのも持ってくれるようになった戦場ヶ原先輩ではあるが、思い違いを指摘されてもツーンと澄ましたものだった——こういうところは戦場ヶ原先輩は中学時代から変わらない。

「どっちが先なのかしら」

「ん？」

「いえ、『赤い館の秘密』と『クマのプーさん』。ミルン先生はどちらを先にお書きになったのかしら」

「ああ、それは『プーさん』のほうが後のはずだ」

「ふうん。なんとなく、『赤い館』のほうが後っぽいイメージがあったわ。……決して推理小説でものにならなかったから、活動を童話に移したっていうわけじゃあないんでしょう？」

「うむ。いや、私もミルン先生のことを詳しく存じ上げているわけではないのだが、どうもこの人、望まれているものを書くのがあんまり好きじゃない作家だったみたいなんだよな」

という表現にはたぶん、いつもの、私特有の語弊があったようだ——ナチュラルに失礼と言われる所以でもあるが、それを差し引いても、『赤い館の秘密』に収録されていた『はしがき』を読む限り、そういう印象を抱いた。

「元々、ユーモア劇作家として名を馳せていたかたで、そういう作品が望まれているときになぜか殺人事件が起こる推理小説を書いて、それが好評をもって受け入れられたのち、つまりそういう作品が望まれ始めたのち、なぜか『クマのプーさん』を書き始めたようだ」

「作風をこれと定めたくないタイプの作家だったと理解することはできそうだけれど、しかし、望まれるとやりたくなくなるっていうのは、むしろ人間としての共感を覚えるわね」

更生前のキャラを若干引きずっている戦場ヶ原先

輩——とは言え、女子高生が言う分には可愛らしさとして受け入れてもいい人間性だろう。しかし人気作家がそういうことを言い出すと、いささか困る人（編集者——ミルン先生の場合はエージェントか）も出てくるだろう。

「でも、創作関係の職についている人で、頼まれ仕事ができない人って、やっぱり一定数いるんじゃないかしら——それができないから芸術家なわけであって」

難しいところだ。天才の暴走を許すとエンターテインメントは成立しなくなるから、やっぱりどこかに制限は必要になるというのが、天才ならざる私の個人的な意見ではある——が、稟性《ひんせい》を有する芸術家相手に制限ならぬ制御を試みれば、やっぱりエンターテインメントとは言えない、愚にもつかない作品ができることに違いはなかろう。ミルン先生は『はしがき』の中でこうも仰っていた。『たとえ無味乾燥な電話帳でも、これを「情熱もて《コン・アモーレ》」作るのならばくはそれを誇りに思うが、しかし高尚な無韻詩の悲劇でも、これを人に命令されて創るとなれば、ぼくはきっといさぎよしとしないだろう』——私は尊敬する人物からの命令に従うことに喜びを見出す兵隊タイプなので、本音を言えば、この作家的感覚はよくわからない。人の期待に応えることが無上の喜びだ——ただし、だとすれば、もしも私がミルン先生だったなら、名作『クマのプーさん』は生まれなかったということになる。……『赤い館の秘密』に続く名作推理小説が生まれていたかもしれない可能性を考えれば、そのことをどう思うかは、純粋に好みの問題ということになってしまうが。

「でもまあ、結局、いいバランスになるんじゃないのかしら？　望む作品を書いて欲しいと言う出版社や読者と、反骨精神に溢れる作家とのせめぎ合いで。知ってる？　作家が言われて一番悩んじゃう言葉は、『好きなように作ってください』だそうよ」

「それは……なんとなくわかるな」

好きにやれ、という指示は、バスケットボールでもないでもないのだが、やっぱり戦略性がないと、やっていて面白味に欠ける。しかしながら、だからと言って作家が読者の望むものを書き続けたとしても、今度は読者が、作家の望む反応を、いつも返してあげられるとも限らないわけだし。好きにやれと言われたら困りもするだろうが、言う通りにしたところで、決して困らないわけではないのだ。

「結局のところ一番幸せな形態は、作家が好きなように書いて、読者がそれを好きなように読むってことなんでしょうけれど——あら？　このままだと、あなたの奔放な読書スタイルを是認することになっちゃうかしら？」

それは困ったものね——と言ったところで、戦場ヶ原先輩は、「そう言えば」と手を打つ。

「以前、阿良々木くんと似たような話をしたことがあったわね——本の読みかたとか、そういう話。彼ったらこう言っていたわ」

彼ったら、という映画のような言い回しを使う尊敬する先輩に、若干苛《いら》っとしたけれど、先が気になったので、そのまま聞く。

「『このご時世、字の本を読んでるだけでも僕あたりから見りゃじゅーぶん立派だし、作家さんはそれだけで嬉しいもんだろうよ』——そりゃそうだ」

正にしかり。しかりと言いつつ、阿良々木先輩から褒められるなんてめったにないことなので、はしたなくも嬉しくなってしまい、万感の思いを込めて、私は言う。

「——さすが阿良々木先輩だ」

# よつぎフューチャー

## 000

「ミヒャエル・エンデ作『モモ』」

「無茶すんな斧乃木ちゃん！」

「と、名も知らぬ鬼のお兄ちゃんは顔色を変えて僕に突っ込んできたよ」

「名も知らぬってなんだ。阿良々木暦だよ、すげー知ってるだろ。そして口でト書きを言うな。黒歴史の再来かよ」

「いやいや、短々編もだいぶん数を積んできたからね。文体も色々試していかなくちゃ。変化って大切だよ」

「怪異が言うな」

「忍と真宵が破りやがった怪異は語り部になれないルールを、せめて僕だけでも守りたいのさ」

「なんでそこだけルールに忠実なんだよ。『例外のほうが多い規則』を、ここでこそ発揮しなよ。あと、忍と八九寺を呼び捨てにするな」

「全部まとめてやなこった。この調子で最後まで語らせてもらうよ、かの名作児童文学を」

「いやだから無茶すんなって。無理だって、きみに『モモ』を語るのは。『モモ』ってあれじゃねえか、二大子供の頃に読んでよくわからなかったというトラウマになる名作児童文学のひとつじゃねえか」

「語呂が悪いね。ちなみにもうひとつは？」

「『星の王子さま』」

「納得。統計によらない、鬼のお兄ちゃんの、単なる経験談という気もするけれど」

「別に『モモ』と『星の王子さま』に限らないが、子供の頃にあんまり感性に訴えかける名作を読まされると、『自分にはセンスがないんだ』って挫折感を味わう羽目になって、結果早い段階で活字から離れてしまっちゃったりするよな」

「本にはそれぞれ、読むにふさわしい年齢がある、という話かな」

「うん。まあ、羽川みたいな奴は別なんだろうけれど――正直、今でも僕は、『モモ』と『星の王子さま』をちゃんと読めるにふさわしい歳の重ねかたをしてきた自信がないぜ」

「僕と違って」

「きみと同じでだ。斧乃木ちゃん、僕はきみが、字を読めるかどうかも怪しいと思っているぜ」

「その怪しみは的を射ている」

「読めないのかよ」

「今は読めない設定」

「キャラぶれ過ぎだろ。それくらいの設定は固めろ。キャラクターとして自由度が高過ぎるだろ」

「大丈夫、お姉ちゃんに読んでもらったから内容は把握している。物語はときに、読むよりも聞くほうが、正しく理解できるものだよ」

「影縫さんに何させてんだよ。あの人、きみのご主人様だろうに。……あれくらいの人になれば、『モモ』も、あるいはわかるのかもしれないけれど」

「鬼のお兄ちゃん、そんな謙虚な振りをしなくとも、きっと今のあなたなら、そんなに難解に感じることなく、楽しく読めるんじゃない？」

「既読者特有の上からだな……いや、だから僕は、未読なんじゃなくて、チャレンジした上で挫けた奴だからさ……再挑戦には、ちょっと二の足を踏んでしまうぜ」

「主人公であるモモが年端もいかない女児だと思えば、鬼いちゃんには楽しく読めるんじゃない？」

「いいか。『女児だと思えば、鬼いちゃんには楽しく読めるんじゃない？』って、二度と言うな。いくら読み解けなくとも、名作をそんな視点で読むところまで落ちてねえ」

「『赤毛のアン』をマリラ萌えで読んだ人とは思え

ない発言だね」

「なぜそれを知ってる！」

「しかしまあ、鬼いちゃんの言うことも一理ある。『モモ』がそうってわけじゃないけれど、児童文学が描く児童っていうのは、やっぱり大人から見た児童なんだよね——子供が語る大人が、子供から見た大人にしかならないように。子供にとって『モモ』や『星の王子さま』が難解なのは、子供は自分自身が、『小さな王子さま』でも『モモ』でもないことを知っているからなのかもしれないね」

「それっぽいことを語るじゃねえか——うーん。しかし、『モモ』って、そもそもどういう話だっけな？途中で出題されるなぞなぞだけは憶えてるんだけど。あとはなんだっけ、時間どろぼう？」

「時間貯蓄銀行の灰色の男だね。ま、僕みたいに時間が意味をなさない死体に読ませれば、時間を盗まれる人間側よりも、灰色の男のほうに感情移入してしまいそうになるんだけれども」

「読ませればじゃねえよ。読まされてるのは影縫さんじゃねえか」

「作中にこんな言葉があった。『もし人間が死とはなにかを知ったら、こわいとは思わなくなるだろう』と——時間とは何かということを考えると、それは結局、ゆっくりと死んでいくということだからね。だからみんな、時間を惜しむ。僕のように既に死んでいるものからしてみると、馬鹿馬鹿しいほどに——鬼の鬼いちゃんの場合はどうなのかな？」

「鬼の鬼いちゃんって。鬼に鬼を重ねるな、どこまで鬼なんだよ。鬼のお兄ちゃんか鬼いちゃんか、どちらかにしろ。じゃねえ、鬼のお兄ちゃんとも鬼いちゃんとも呼ぶな」

「ただお兄ちゃんと呼べと？　変態……」

「そんなこと言ってねえ。未来とはイコールで死である？　なんだか、感想がそこまでいくと厭世的過ぎて、ついていけなくなってくるけど。『モモ』は決して明るい話ではなかったけれど、そこまで暗い話じゃあなかっただろ？」

「そう――しかし『時間を大切に』という話でもないんだよね。いや、僕は時間どろぼうというキーワードから、そんな内容を予想していたところもあったんだけれど、そうじゃなくて、むしろ時間の浪費を推奨している風でもあった。そう考えると児童文学というより、大人が、時間を盗まれた大人に向けて書いた小説のようにも思えたな。大人が子供に薦めたがるのも、とすると納得だ――この本を読んで教訓を得て、失敗しないようにしなさいと言いたいんだろう」

「そういう本の薦めかたは、あんまり感心しないなあ……読書ってのは、教訓を得るためじゃなく、共感を得るためにするもんじゃないのか？」

「どうだろうね。教訓なんて言うと、貝木《かいき》お兄ちゃんみたいだけれど。僕は思うんだよ。何か物語を読んだり、見たり、聞いたりして、感動するとき――刺激を受けるってことは、それは普段感じていない物語だってことなんだって。つまりは近くに存在していない物語だってことなんだって。物語に感動すれば感動するほど、それに比例して、そんな物語はこの世には存在しないという事実を思い知ることになる――そう考えると、本を読むのも考えものだね。時間の無駄だ」

「ふざけんな。『モモ』を読んでそんな感想に持っていくな」

「だがその無駄こそが素晴らしい」

「逆接の接続詞を活用したところで、きみのイメージ、一個も引っ繰り返ってないからな？」

「ところで僕、今決め台詞もキメ顔もないんだけれど、このお話、どうやって締めればいい？」

「キメ顔は元々ねえよ」

「何かいいことあってもお澄まし、お相手は斧乃木余接と」

「阿良々木暦でした……って、副音声みたいに締めるな！」

# おうぎトラベル

# 000

ジュール・ヴェルヌ『八十日間世界一周』、もちろん読んでいますよね？　活字離れが嬉しげに叫ばれ、読書以外の楽しみが溢れかえる今時分ではありますけれど、それでも歴史上には人として、読んでおかなければならない本があるものです。『八十日間世界一周』は、間違いなくそういう本の中の一冊だと思いますよ――あなたもそう思うでしょう、羽川先輩？

「思う……けども、あなたが本当にそう思っているとは、私には思えないんだけどな、扇《おうぎ》ちゃん」

私からのフレンドリーな問いかけに対して、嫌そうな顔をして羽川先輩はそう答えます。誰に対してもにこやかな、いつも笑顔の羽川先輩のはずなのですが、私に対してはそのエンジェルスマイルをなかなか見せてはくれません。へこんじゃいますねえ、めそめそ。

「何がめそめそよ……いつも笑顔はあなたでしょう」

「そうでしたね」

エンジェルスマイルではありませんがね。

でも笑顔が素敵とはよく言われます。

「羽川先輩は、高校卒業後の針路を、世界を放浪する旅に向けて取っているとのことでしたが――如何ですか？　『八十日間世界一周』、何歳くらいのときに既読ですかね？　まさか阿良々木先輩憧れの羽川先輩が、この名著を読んでないなんてことはありませんよねえ――読んでないなんて言われたら心底がっかりですよ。タイトル買いした本のタイトルを、実は編集者が考えていたと知ったときくらいがっかりですよ」

書籍あるあるですけどね。

まあ名著も実のところ、人間が生涯かけても読み切れないくらい無数にあるわけですから、羽川先輩がジュール・ヴェルヌを未読だったとしても、さして驚くにはあたらないわけですが。

「読んでるよ。小学二年生のときだったかな」

しかしこの人はこれですからねえ。一応、親しくない仲にも礼儀ありということで、私は『羽川先輩は何でも知ってるんですねえ』と振ってみましたけれど、案の定、例の台詞を言ってはもらえませんでした——嫌われたものですよ。ま、私がここにいるのは羽川先輩に好かれるのが目的でもありませんから、粛々と話を続けることにしましょうか。

「どんな感想でした？　当時でも、今から振り返ってでもいいんですけれど」

「どうって……そりゃあ、面白かったよ」

警戒しながら答える羽川先輩。

いえいえ、そんな風に構えなくとも、この辺はただのビブリオトークですよ——あなたを罠に嵌めようなんて意図はありません。

「なんだろうね、世界一周をする中で、日本を経由してくれるってのが、嬉しかったのを覚えてるな——『八十日間世界一周』から話が広がっちゃうけれど、海外古典の小説を読んだときに、ふと、当時の日本の話題が出てきたりすると、どきっとするよね。当たり前なんだけれども、ああ、日本って、昔もちゃんと、存在していたんだって」

「ほう？」

それは独特の感想ですね。単純に、異郷の地で知っている名前に出会って嬉しかったという話ではなさそうですが——あらゆる物語の聞き手として、掘り下げてみたいところです。

「存在の客観的証拠、保証人による裏書という意味合いでしょうかね？　海外から見た日本を、活字媒体で見たときに感じる安心感——」

「いやいや、そんな小難しい考えを、さすがに小学二年生のときに持ったわけじゃあないんだけれどね――むしろ、架空の物語だと思って読んでいた小説が短兵急《たんぺいきゅう》に、実はノンフィクションだったとか、実際の事件や人物をモデルにしていたとか、そんな風に告げられたみたいな気持ち。……なんて言っても、存在自体がフィクションめいた扇ちゃんにはわからないかな」

「おやおや、これはきついことを言われてしまいましたね――私なんかは読みが浅いから、普通に、素敵な英国紳士が立ちふさがる困難を優雅にかわしながら世界を一周するロマンにこそ、どきどきときめきながら読んだものですがねえ」

「……ロマンとか、理解できるの？」

「嫌だなあ、羽川先輩。私の正体はロマンそのものだと言っても過言極まりますよ」

「過言なんじゃない」

「しかし確かに、世界戦を間近に控え、これからロケハンに向かおうという羽川先輩にしてみれば、世界一周は既にロマンではなく、リアルな現実なのかもしれませんがね。そうなると、作り物の物語では物足りなくなってきますかねえ――いわゆる『書を捨てよ、町へ出よう』という奴ですか」

「んー、それはどうだろう」

「？　なんですか？　不服そうですね。旅人というより放浪人の叔父を持つ私の意見を、聞くに値しないと切り捨てるおつもりですかね？」

「なんでそういう言いかたをするのかな……」

と、羽川先輩は困ったように肩を竦めて、

「あなたの叔父さんである忍野さんはお仕事で、全国津々浦々を巡っているってことだったけれども……でもそれは決して、書を捨ててるわけじゃあなかったと思うし。むしろ、物語を蒐集するための旅を、忍野さんはしていたんでしょう？」

と言います。

なるほど、それは理屈ですね。

別に忍野メメは書をしたためるために旅から旅へ

渡り歩いているわけではありませんが、しかし、本の形にまとまったストーリーだけが物語というわけでもありませんからねえ。

「『八十日間世界一周』の主人公であるフォッグ卿が世界一周の旅に出た理由は、友達との賭けがきっかけだったけれども——考えたら、言ってしまえば『人が世界一周する』ってだけで一冊の本になるんだから、旅をするっていうのは、物語を探すことでもあり、物語を作ることなのかもしれないね」

「ふむ。転校生暮らしが長い私には、身につまされる話ではありますね——確かに転校はどれだけ繰り返しても、慣れるということのない物語性の連続ですよ」

「どうだか」

と、私の言うことを頭から信用しない羽川先輩——ふふふ、とことん気が合いませんねえ。安心してください、あなたが旅立つときには快く送り出して差し上げますよ。フィックス刑事のごとく、あなたの旅路を、あなたの物語を、邪魔しようなんて気はさらさらありません——むしろできれば、あなたにはさっさと出立して欲しいくらいでしてね。

「ちなみに、『八十日間世界一周』が発表された一八七三年頃には、世界一周が八十日で可能だったとして——現代でしたら、何日で可能なんでしょうね？　飛行機を使えばほんの数日で可能という気もしますが……それではあまりにドラマがありませんかねえ」

「さあね。たとえ何日だとしても、どんな短い旅程だったとしても、私は旅に出るときは、何らかの本は持って行くだろうけれど」

旅先で読む本が一番面白いもの、と羽川先輩は言うのでした——書を捨てずに旅に出ようという魂胆ですか。

常に学び、そして遊ぶ心を失いませんねえ。

そういうところが嫌いですよ。

私は微笑みを浮かべて言いました。

「——愚かですねえ」

# するがニート
# 000

「メアリー・ヘイスティングス・ブラッドリーの『ジャングルの国のアリス』のことは知っているかい？　最愛の我が娘、神原駿河ちゃん」

最悪の我が母、神原遠江《とおえ》さんは、『どうせ知らないだろう』という悪意のこもったにやにや笑いと共に言う——確かにその本については巡り合わせ悪く、寡聞にして知らなかったけれども、私が知りたいのはどうして今、遥か昔に交通事故で天に召されたはずの彼女が、こうやって私をからかいに来たのかということであった。

まあ、夢なんだろうけど。

見る夢を選べないというのは、人間という生物にある最大の瑕疵《かし》のひとつだろう——生まれてくる親を選べないのと似たようなものか？

「……『ジャングルの国のアリス』というのは、ルイス・キャロルの『不思議の国のアリス』の、バリエーションでしょうか？　あの作品には確か、『鏡の国のアリス』という続編があったような……」

「いやいや、だから『ジャングルの国のアリス』の作者は、メアリー・ヘイスティングス・ブラッドリーだって。アメリカの作家さんだよ——そして彼女は、同時に探検家でもある。そんなメアリーが、家族と一緒にアフリカ大陸の奥地へ冒険に行ったときの旅行記だ」

「はあ。実話ですか」

「うん、実話と言っても、今から約百年も前の本だから、さすがに描写には時代を感じるけれど。同行した六歳の娘の名前がアリスで、この本は彼女の視点から書かれた旅行記だから、タイトルが『ジャングルの国のアリス』なのさ」

「へえ……」

どうしても曖昧な返事になってしまうのは、メアリー・ヘイスティングス・ブラッドリーというその女流作家を、読んだことがないからだろう——ましてその娘となれば、あまりに興味をそそられない。

やっぱり、この母は変わり者だと思う。素直にルイス・キャロルを取り上げればいいのに。

「はっはっは。いやいや、そりゃあ私も女の子だった頃に、ルイス・キャロルは愛読したものだけれどねえ。『スナーク狩り』とか、すげー読んだよ」

「なぜ『スナーク狩り』からなんです。まずは『不思議の国のアリス』でしょう」

「『不思議の国のアリス』も、そりゃあ読んだは読んだよ。もっとも、私が読んだのは芥川龍之介と菊池寛が共同で訳した『アリス物語』のほうだけれど」

「『不思議の国のアリス』くらいは普通に読んででくださいよ……」


せめて『子供部屋のアリス』を読め。

『くまのプーさん』の作者が書いた唯一の長編ミステリーだからという理由で『赤い館の秘密』を読んだり、内容もさることながら、本にまつわるエピソードに惹かれる私も、自分のことを、さして真っ当な読者であると主張するつもりはないけれど、しかしこうして話を聞いていると、それは間違いなく、この母からの影響じゃないのかと思わされる——結局、子供は親の背中を見て育つということだろうか？

「ふふん。子供が親の背中を見ているということは、つまり親は子供に背中を向けているってことだけれどねえ——ならば駿河、お前の興味を惹くために、ママはとっておきの情報を開示してあげよう。私もあとから知ってびっくりしたんだけれど、視点人物であるこのアリス、本書の冒頭で子象の上に乗った写真が掲載されている六歳の少女こそが、のちに『たったひとつの冴えたやりかた』を書くことになるSF小説界の巨人、ジェイムズ・ティプトリー・ジュニアなんだよ」

「じゅ、ジュニア⁉」

いや。

フィーチャーすべきは『ジュニア』ではない。

ジェイムズ・ティプトリー・ジュニア。それはさすがに、私でも知っている——読んでいる作家だ。

むしろ読んでいない人がいるのかと問いたい。『たったひとつの冴えたやりかた』は、中学生のときに戦場ヶ原先輩と一緒に嗜んだものである。

「はっ。どうせお前みたいな奴は、新世紀エヴァンゲリオンＴＶ版最終回の仮タイトルになっていたから読んだんだろう」

「その通りですけれども、それを言うならあなただって、どう考えても『ジャングルの国のアリス』を、ジェイムズ・ティプトリー・ジュニアの少女時代が登場するからという理由で読んでいるじゃないですか。なにが『あとから知ってびっくりした』ですか。普通に嘘をつかないでください」

「ちなみに私は『たったひとつの冴えたやりかた』を、川原由美子《かわはらゆみこ》先生の挿絵入りのバージョンで読んでいるぜ。羨ましいだろー」

無邪気に自慢されても……。

それは単に世代の違いだろうに。

「ということは、親子二代で女流作家だったのですね。そもそもジェイムズ・ティプトリー・ジュニアが女流作家だったこと自体、長い間伏せられていたんでしたっけ？」

「そう。ま、母親と同じ職を選ぶことには、葛藤があったとかなかったとか、そういう話もあるな——ティプトリーの壮絶な作家人生については、駿河、お前、どのくらいまで知ってる？」

「ある程度は。詳しいとは言えません」

六歳のときにアフリカ大陸に冒険に行っていたという時点で、エピソードとしては強過ぎる気もするけれど、それを知らなくとも、ジェイムズ・ティプトリー・ジュニアの生き様には息を呑む。作家人生と母は言ったが、もっと広義に人生と言ったほうが正確なのではないかと思う。本を読むと同時に、本にまつわるエピソードを読む私のような変わり種の読者にとっても、彼女はおいそれと語れる作家ではない——特に、その最期に関しては、静かに口を噤《つぐ》むしかあるまい。

「でも、変な気分ですね。いや、当たり前のことと言えば当たり前のことなんですけれど……、なんて言うか……、SF史、あるいは文学史に残る偉大な作家にも、少女時代があり、そして親がいたっていうのは」

誰にだって子供だった頃があり。

そして誰だって人の子である。

当たり前どころか、大前提なのだが——しかし意外と、それこそ当たり前のように、見失いがちだ。そう、そしてそれは『偉大な作家』に限らない話でもある。

自分自身——私自身。

幼かった頃の自分をちゃんと覚えているとは思えないし、そして、自分が誰の子供であるかを、四六時中ずっと意識しているとは言い難い。

「子供の頃大切だったものが、どんどん大切じゃなくなっていく。すごいと思っていたものが、ただのありふれた陳腐に変わっていく。すべてだったはずの家庭が、世界の一部へと変貌する。広い海のように包んでくれた母の愛が、狭い井戸の中だったと知る——まことにもって、それが成長するということなんだとすれば、どこか寂しくもあるねえ」

「……あなたが母の愛とやらで私を包んでくれた思い出が、まったくないんですけれど」

「だからそれが忘れてるってことさ」

「…………」

本当かなあ。

「かく言う私もまた、かつて子供だったことや、親に育てられていたときのことを、忘れてしまっているけれどねえ——憶えているのは、読んだ本のことばかりさ」

「『スナーク狩り』ですか」

「そのほかにも色々。何歳のときに、どんな本を読んだかって、とても大切だと思わない？　人も本も、結局は出会いのタイミングってことさ」

「……読んだ本を忘れることもありますけどね」

言われっぱなしも業腹なので、形ばかり、そんな反論をしてみる――もっとも、これはこれで真理でもある。私や戦場ヶ原先輩のような、水でも飲むように本を読む濫読派は、昔読んだことがあるのをすっかり忘れて、同じ本を二度三度と読んでしまうことが多々あるのだ。

「それはそれでいーんじゃねーの？　子供の頃大切だったものが大切じゃなくなっていく一方で――昔は毒にも薬にもならないと思った本を、成長してから読むと面白く思うこともあるだろうし」

「どうなんでしょうね。そういうことは確かにありますけれど、それは、私が読者として成熟したということになるのでしょうか」

出会いのタイミングが大切というのなら、そういうことになるのだろう。しかして母は肩を竦める。

「さてね。あるいは、本のほうが成熟したのかもしれないぜ――その場合は、成熟じゃなくて熟成というべきかもしれないが」

「熟成……ですか」

「百年前に書かれた先鋭的な旅行記が、その後、娘が偉大な作家となることによって、違う輝きを放つようになったりもする。見習わなきゃなあ、お前も。ひょっとするとそれが、お前にとっての『たったひとつの冴えたやりかた』かもしれないぜ」

要するに、と。

私の母、神原遠江はにやりと笑って、こう言った。

「薬になれなきゃ毒になれ。でなきゃあんたはただの水だ」

# ろうかゴッド 000

沼神《ぬまがみ》さまの退治をすることに決めたのは、もちろんそいつが俺の健全なる経済活動の障害として立ちはだかったからに決まっている。全く倫理的に許しがたい。俺がいち社会人として、こつこつと地味に、しかし着実に、少しずつ少しずつ積み重ねた、良心に恥じない誠実な努力や労力を、沼神さまはことごとく、しかも大雑把に粉砕してくれたのだから、俺は俺の権利をつつましく守護するために、沼神さまに対する積極的防衛策を打たないわけにはいかないのだ。誠実というのは金銭に対しての誠実さだったし、権利というのは人を騙す権利のことで、そもそもありもしない良心に恥じることなどあるはずもないが、そんな主張をすることだって、良心に恥じない俺の誠実な権利であることには間違いあるまい。

否、そうでなくとも、間違っていてもただの嘘でも、一生懸命頑張って流布《るふ》した嘘八百なおまじない、流言飛語の嵐が、いつの間にやら綺麗さっぱり消えていたら、損得抜きで、俺は乗り出さねばならなかっただろう。

『気にするな』『放っておけばいい』

『知らんぷりを決め込め』『なるようになる』

『忘れてしまえ』『命までは取られまい』

……そんなざっくりとした諸々の言葉で、俺の呪いを無効化しているという沼神さまに、俺は一言、文句を言ってやらねばならなかった。

「やあやあ、貝木泥舟《でいしゅう》さん」

と。

沼神さまはそんな風に俺を迎えた——意外なことに、冗談半分とは言え、神と呼ばれ、この辺りの中高生の心酔を一身に浴びている信仰の対象は、ジャージ姿の茶髪の子供だった。お洒落や伊達というよりも、我が身を痛めつけているかのような茶髪である。

「？　どうして俺の名前を知っている。お前のような性格の悪そうな知り合いはいないぞ」

「ははは。色んな子から、あなたに絡んだ相談を受けたものでね——貝塚の貝に枯れ木の木、泥舟《どろぶね》と書いて、貝木泥舟さん。しかし、不吉という言葉に手足が生えたような男だというのは単なる比喩だと思っていたけれど、なんだなんだ、まんまじゃあないか」

沼神さまはそう笑って、ジャージのポケットからボトルガムの容器を取り出した。そしてにやにやと軽薄そうに笑ったまま、しかし辛辣な口調で言う——一歩も引くことなく。

「子供を騙すとは、酷い大人だ」

「やっていることは、お前も似たり寄ったりじゃあないのかよ？　沼神さま。もっとも、大人の俺と違ってお前のやっていることは、騙しは騙しでも子供騙し——だが」

「試行錯誤の最中でね。方法論を模索中さ——騙したり騙されたりとは無縁のまっすぐな世界で育ってきたものでね、初心者も初心者、始めたばっかりなんだ。プロのあなたからみて、まだまだ未熟なやりかたなのは勘弁してくれ。そんな稚拙があなたの詐欺活動の邪魔になったと言うのなら、申し訳ない限りだ。心の底から謝るよ」

まったく心のない言葉だった。良心のない俺が言うのだからよっぽどである——気が向いたので、あるいはむかついたので、俺はこのジャージの子供をおだててやることにした。

「そこまで卑下するものでもない。俺のばら蒔《ま》いた噂の種を、次から次にばったばったと行き当たりばったりに無効化していく手際は、子供騙しにしてはいいやりかただった。俺も今後、参考にさせてもらおうと思うよ」

おためごかしで思いつきを言っただけだが、しかし、言ってみるとそれは悪くないアイディアだった。若いアイディアはどんどん自分の中に取り入れていくに限る。それでこそ詐欺の手腕も伸びようというものだ——まあ、さすがに小学生では若過ぎるが。

「小学生じゃないよ。どころか、とっくに中学校を卒業している」

「そうかい。この歳になると子供の年齢はよくわからなくてな」

「これでも雰囲気が大人っぽくて近寄りがたいと、言われていたものなんだけれどねえ」

「それはただ嫌われていただけなんじゃないのか？ 似たような奴を知っているぜ」

「ふうん……似たような奴、ねえ？ まあ、いいや」

沼神さまは手の内でくるくる回していた容器から、ガムの粒を一気に五粒ほど取り出して、自分の口の中に放り込んだ。お行儀が悪いが、ガムを噛むことは、こいつなりのマインドセットなのかもしれない。

「いる？」

「菓子などいらん、俺は大人だ。アダルトだ。大人が欲しいのは、金か言質《げんち》だ——もう俺の商売の邪魔はしない、と約束してくれればそれでいい」

「いいよ、わかった、邪魔はしない」

あっさり約束をしてみせた沼神さまだが、嘘吐きのプロから言わせれば、こんなにもわかりやすい虚言はなかった。むしろどうかこれからも変わりのないお付き合いをよろしくお願いしますと、おおっぴらに宣言をされたようなものである。

さもありなん。

俺からすれば、沼神さまのおこなっている他愛のない『人生相談』は営業妨害もいいところだが、沼神さまからしてみれば、俺が疫病のごとく撒きちらす可愛らしい詐欺行為があってこそ、自らの不幸蒐集《しゅうしゅう》がはかどろうというものなのだから。

利害が一致するわけもない。

病気がはやってこそ、医者は儲かるというものだ

——まあ、沼神さまのおこなう治療行為は、すべてプラシーボ効果なのだが。

「交渉決裂だな。なんて残念なんだ。そうなると俺は、容赦なくお前を潰しにかかるぜ。二度とこの地で商売できなくしてやる」

「大人の癖に大人気ないなあ」

　脅してみても、のらりくらりとかわしてみせる沼神さま——柳に雪折れなしとはこのことか？　それとも、俺が本気じゃないとでも思っているのか？　だとすれば、それは正しい——そもそも俺の本気がどこにあるかなど、俺にもわからん。ないかもしれない。

「ま、そうやいのやいの言わずにさ、貝木泥舟さん。ひとつ、あなたも試してみないかい？　私の『人生相談』を——あなたの抱える悩みを、この深い沼に捨ててみないかい？」

「沼に——捨てる？　なんだか妖怪みたいなこと言ってるな」

「田を返せ——って、これは泥田坊だったか。泥舟ねえ——となると、泥沼か。泥沼、泥沼」

　どこが笑いどころだったのか、くすくすと、自分で受ける沼神さま——そうやって笑っている姿は、まさしく小学生なのだが。いや、中学校を卒業していると言っていたか。そう言われてみれば高校生に見えなくもない——いや、見えない。贔屓《ひいき》してやる義理もないが、贔屓目に見てやっても精々《せいぜい》中学生だ。要は、見た目などどうでもいい。

「何を沈められようとも、金の斧や銀の斧に変えて、返してあげたりはしないけどね。女神って柄じゃない——あくまで沼神さ」

「俺の不幸まで、蒐集しようってか？」

　そういう話なのだ——沼神さまは、人の不幸話をこっそり奪っていくのだという。報酬は受け取らないそうだ——その辺が俺からみれば気に入らない。が、つまり不幸そのものが、こいつの報酬となっているのだと言えなくもない。

「面白いな」

と、俺は言う——つまらなかったからだ。

「よし、じゃあ聞いてくれ。俺には今、実はとても大きな悩みがあるんだよ——気がかりであり、切実なんだ。切ないんだよ。ついこの間まで、俺は女子高生と付き合っていたんだが、金目当てだったことがバレてな、ほうほうの体《てい》で逃げ回っているところなんだ。あのガキが俺をいつか刺しにくるんじゃないかと思うと、気が気じゃあなくて、それでそんな不安を紛らわすために、こうして働きたくもない悪事を働いてしまうんだ。どうすればいいと思う？」

適当にでっち上げたにしても、あまりにリアリティのない適当な相談事だったが、しかし沼神さまはこの極まった口から出任せに文句をつけるでもなく、

「気にするな」

と言った。

「放っておけばいい、知らんぷりを決め込め。なるようになる、忘れてしまえ、命までは取られまい——だよ」

「……誰が相手でも、お前はそう言って済ませているようだが、俺はじかにそいつから、ぶっ殺すと言われているぜ？」

子供には背負い切れないような、詭弁では逃れきれない重い相談をすることで沼神さまを困らせてやろうと、俺は嘘に嘘を重ねた。

「やったほうはすぐに忘れても、やられたほうはいつまでも忘れない——そういうもんだろう？」

「いいや、そういうもんじゃあない——その女子高生にとってあなたなんて、まったく重要じゃない。確かに、彼女は今はあなたを殺す気でいるかもしれないけれど、そのうち別のいい人が現れて、あなたがつけた傷をあっけなく癒してくれるさ」

「…………」

「あなたが思っているほど、彼女は傷ついてもいないさ——あなたのことなんて、その子にとってあっという間に過去になる。だから——気にするな」

根拠があって言っているわけではあるまい。段取りで言葉を並べているだけだ——俺にはわかる。確かに未成熟で初心者じみていて、言葉を弄《ろう》しているとも言いにくいが——これはこれで、立派な詐術。さっきはおだてて褒めてやっただけだったが、案外この子供騙しは、大人でも騙しうるかもしれない。

もっとも、俺は騙されないが。

あの女に似合う『いい人』なんているわけがない——いや、そもそも『あの女』なんてのがいないのだが。あんな女は、どこにもいない。

とは言え、こんな腕を見せられては、俺もお返しをしないわけにはいかなかった——俺は金を稼ぐのは好きだが、支払いの悪い男ではないのだ。

「沼神さま。折角だ、俺の手法も試させてやる」

「やめておくよ。おまじないには興味がない」

「そう言うな、何も今すぐってわけじゃあない。お前とは、ひたすら長い付き合いになりそうだしな」

「それは嬉しい。共に栄えていこうじゃないか。で、私に何をしてくれるのかな？」

「そう訝《いぶか》しむな。俺はただ、いずれ、遠くない未来にお前に相応しい顧客でも紹介してやろうというだけのことだ。お前の将来性を見込んでな」

「顧客？　なんだ、バーター契約でも結ぼうってことかい？」

沼神さまの疑問に俺は応えない。

代わりに、

「本当は俺がやらなきゃいけない仕事なんだが、どうにも俺は飽きっぽくてな——コレクションには向かないんだ。だからお前に譲る——委ねる」

と言った。

「沼神さま。お前の底にたまった不幸が、いつか積み重なって、水面に現れることもあるだろう——忘れていた友達に、いつか出会うこともあるだろう。それが、お前が俺との出会いから得るべき教訓だ。だから、そういうときのために」

気にしておけ。

俺の言葉に、沼神さまは怪訝そうな顔をするだけだった。騙されないように用心しているのかもしれないけれど、実のところ、そんな用心はまるっきり意味のない用心である。

なぜなら、この子供は既に己を騙している。

他人の不幸を呑み込むことで——

己は不幸ではないと騙している。

俺が騙すまでもない。

まして、目を覚まさせてやる義理もない——だからこそ、そんな義理がいつか生じたときのために。

沼神さま。

お前には悪魔をプレゼントしよう。

# しのぶフィギュア

## 000

　忍野忍と言えば、僕にとって特別な存在である。

あまりにも特別過ぎて、もはや肉体の一部みたいなものだ——もちろん、あいつが僕の肉体の一部なのではなく、僕があいつの肉体の一部なのだが、どちらにしても一心同体であり、表裏一体であり、一長一短であり、切っても切れない関係である。

　どうしてそうなったか、その辺りの経緯は大胆に割愛するとして、ともあれ、阿良々木暦にとって金髪の幼女、幼女にして妖女、忍野忍が、色んな意味で、そしてあらゆる意味で、心臓よりもなくてはならない存在であることだけは断言できる——のだが。

　しかし、いくら不可欠な存在だからと言って、増えていい存在だと言いたいわけではなかった——では何が言いたいかと言うと、ある日、ふと気付いたら、忍がふたりになっていた。

　金髪の幼女が部屋にふたりいた。

　並んで黙って、ポーズを取っている。

　じっとこちらを見つめるその寡黙《かもく》な雰囲気は、仮にかぶっている帽子がヘルメットだったなら、例の学習塾跡の一室の片隅で、膝《ひざ》を抱えていた頃の彼女を思いだして懐かしかったが——さりとて懐かしんでいられる場合でもない。

「し、忍がふたりに増えた……？　こ、これはいったいどういう状況だ……？」

「落ち着いて、鬼のお兄ちゃん。片方は残像だ——もとい、片方はグッドスマイルカンパニーさん製作のねんどろいどだ」

　時系列は果たしていつなのか、当たり前みたいに僕の隣にいた斧乃木ちゃん、式神童女の斧乃木余接ちゃんが、無表情の棒読みでそう言った。

「な、なにいいいい！　片方はグッドスマイルカンパニーさん製作のねんどろいどだとお⁉」

馬鹿な、見比べてみてもまったく区別がつかない。忍野忍のプロフェッショナルであるこの僕をして、どちらが本物でどちらがフィギュアなのかわからない。どれだけ目をこらそうと、まるっきりの相似形《そうじけい》であるとしか評価できないではないか。噂には聞いていたが、恐るべしねんどろいど、なんという戦慄《せんりつ》の再現度なのだ。

「こんなグッズが市販されていたら購入せざるを得ないぜ……、僕はグッドスマイルでそう言った」

「大丈夫だよ、鬼のお兄ちゃん。鬼いちゃんなら、どちらが本物なのか、わかるはずだ」

斧乃木ちゃんが力づけるように僕の背中を叩《たた》いて、そう励ます——心なし背中を叩く力が強かったのは、昔の口癖をなぞられた怒りの発露かもしれない。

「鬼のお兄ちゃんにとって、旧キスショット・アセロラオリオン・ハートアンダーブレード、即ち忍野忍は、特ロリな存在なんでしょう？」

「特別だ。なんだよ特ロリって。『別』という字に『ロリ』が含まれていることに気付くな。今後『別』って言葉が使いづらくなるだろうが。どれだけ使用頻度の高い言葉だと思ってるんだ。『別にいいです』が『ロリにいいです』になるだろうが。『別格』が『ロリ格』になるだろうが。どんな格だ」

ふむ、と僕は改めて、ふたりの忍に向かい合う——相変わらずふたりの忍は、黙りこくって身じろぎもしない。本当に初期のキャラだ。

なるほど、そっくりだ——だが、それならそれでアプローチの仕方もある。なにせ短々編も、既に二十編を越えているのだ——いい加減、ストーリー展開も読めるようになってくる。

「くくく……」

そして僕は不敵に笑う。

おおかたこれは、忍と斧乃木ちゃんが談合して仕掛けたタチの悪い悪戯《いたずら》なのだろうが（吸血鬼とゾンビということで、不仲な間柄だけれど、僕に悪戯を仕掛けるときだけは手を取り合う幼女と童女である）、タチよりも、相手のほうが悪かったな。

ある種のお約束と言うか、お定まりのドラマツルギーとして、大抵こういう話のオチは、ふたりいる忍の、どちらもが人形だと相場は決まっているのだ。僕が見当外れな考察をしているところに、後ろからご本人登場という展開に持っていこうとしているのだろうが、残念ながら僕のほうが一枚上手《うわて》だったようだ。

「僕を驚かすために、グッドスマイルカンパニーさん製作のねんどろいどを二体も購入するとはな……まあ思わず二体購入したくなるような素晴らしいクオリティであることは否定しないけれども」

「さすがにそろそろセールストークが行き過ぎてるかもしれないよ、鬼のお兄ちゃん」

「どれ」

と、僕は二体のフィギュアにそれぞれ、左右の手を伸ばした――いくら見た目がそっくりでも、忍のもちもちした肌の質感までは、さすがに再現されていないはずだ。

つまり触れれば、解答に至るのである――まったく、からかってくれるぜ。まあ受験生にとっては刺激的なイベントでもあった、楽しませてくれたご褒美に、好きなドーナツを食べさせてやらないでもない。

鷹揚な気持ちでそう思いながら、ふたりの忍の、背中側からワンピースの中に同時に手を突っ込むと、

「うひゃう⁉」

「うひゃう⁉」

と、同時に二体が悲鳴をあげた。

「あれ？」

あれ？

フィギュアって叫ぶの？

「どんな触りかたじゃぼけー！　背中を揉《も》むな！」

「どんな触りかたじゃぼけー！　背中を揉むな！」

「吸血鬼ぱんち!」

「吸血鬼ぱんち!」

吸血鬼ぱんちを同時に二発食らった。人体の五大急所のひとつである顎《あご》を、下方から殴るアッパーカットは、単体でも十分に致命的な破壊力を持つが、それがダブルヒットしたというのだからただごとではなく、たまらず僕は吹っ飛ぶ。斧乃木ちゃんはひょいっと、僕を最小限の動きでかわして、受け止めてくれなかった——なに最小限の動きでかわしてるんだ、ここは受け止めろよ。

「あ、あれ……?」

脳を揺らされ、混乱の極致《きょくち》に陥る僕——見れば、二体のフィギュアは涙目の臨戦態勢で、ふーふーと息を荒くしながら、僕を睨《にら》んでいる。視界もぼやけているが、だから忍がぶれて見えているわけではなさそうだ。

そもそも叫んだだけじゃない、その直前に両の手のひらに感じた、今の触感は——薄い肉越しに感じた背骨の感覚は!

「引っかかったね、鬼のお兄ちゃん。今回僕達が仕込んだ悪戯は、どちらも本物というオチだったのさ」

「わかるか、そんなん!」

「吸血鬼パワーでふたりに増えたのさ」

「そんなことできるの⁉」

吸血鬼パワー、パワフル過ぎるだろ。

「かかっ」

「かかっ」

大きなリアクションでパニックに陥る僕の醜態を見て溜飲《りゅういん》が下がったのか、ようやくファイティングポーズを解除した忍が——二人の忍が声を揃えて笑った。

「たやすいことよ。この鉄血にして熱血にして冷血の吸血鬼にしてみれば」

「たやすいことよ。この鉄血にして熱血にして冷血の吸血鬼にしてみれば」

「す……すごいな」

なんだろう、もう感心するしかない。

と言うか、タイムスリップもできるし増殖もできるし、吸血鬼パワーも何も、今やお前吸血鬼でもなんでもねえよ。

それができるんであれば、今まで難なく回避できていたであろうトラブルも、それなりにあると思うんだけど……なんで悪戯で使っちゃうんだよ。出し惜しみしてんだか、してないんだか……。

「ぼ、僕にもできるのかな?」

「鬼いちゃんがふたりに増えるなんて、どんな地獄絵図だよ。誰が描いた世界観だよ。死ね」

僕が斧乃木ちゃんから手痛い叱責《しっせき》を受けていると(死ねとまで言われるようなこと、言ったか?)、二人の忍がデュアルな感じに「ところでお前様」「ところでお前様」と話題を変えた——デュアルなのに、どこかフラットな口調だった。

まるでこれから到来するであろう未来に対し、言い知れぬ、そして底知れぬ不安でも抱えているかのように。

「これ、どうやったらひとりに戻れるのかの?」

「これ、どうやったらひとりに戻れるのかの?」

「……そういうオチかい」

そんなわけで。

僕にとって特別な存在である金髪の幼女が、ふたりに増えた——もしかするとあなたのお手元にあるフィギュアも、戻れなくなった本物のひとりなのかもしれませんよ。

# かれんブラッシング

# 000

　ブラッシングは女の子の嗜みとして、毎日の習慣になっている。だけど習慣になるということは、変化に鈍感になるということとイコールでもあって、その日のその朝、そのときに、

「痛っ」

　と感じるときまで、あたし、阿良々木火憐はそのことに気付かなかった。

「どうした火憐ちゃん？　我が妹よ？」

　妹の悲鳴を聞きつけて、兄ちゃんが洗面所にやってきた——あたしは口の中から歯ブラシを引き抜いて、

「な、なんでもねーよ。お、奥歯のほうに痛みなんてぜんぜんねーよ。虫歯なんてねーよ。だから歯医者さんになんて行かねーよ」

　と釈明した。

「奥歯のほうに痛みがあって虫歯だから歯医者さんに行かなくちゃいけないのか……」

　兄ちゃんが哀れむようにあたしを見る。

　なんて悲しい目で妹のことを見るんだ。

「い、嫌だ！　あたしは絶対に行かないぞ！　まだ虫歯だと決まったわけじゃないのに！」

「虫歯になった奴は、なぜか執拗に虫歯を認めたがらないんだよな……、現実に向き合いたまえ。て言うか、お前、あれだけ格闘技でどつき合いをやっといて、なぜ歯科医が怖いんだ。虫歯よりも拳で殴られるほうがよっぽど痛いだろうに」

　兄ちゃんは正論を振りかざしたが、しかし、そこは理屈じゃねーんだってえの。嫌なものは嫌だし、怖いものは怖い——ちくしょう、なんで毎朝毎夕ち

ゃんと歯磨きしてるのに、虫歯になんてなっちまうんだ！　すげー損した気分だぜ。

「そうか……、どうしても嫌だって言うなら、僕は兄として、その意を汲んでやらないでもないけどな」

やれやれとばかりに、兄ちゃんは肩をすくめた。

うん？　どういう意味だぜ？

「歯医者が怖くとも、この兄ちゃんは怖くあるまい。僕が診察してやるから、ついてきなさい」

にやりと笑ってそう言って兄ちゃんは、くいっと顎であたしを招いたのだった——うわあ、さすが兄ちゃん！　頼りになるぜ！

「じゃあ上、裸になって、ベッドに寝転んで」

自室まであたしを連れて来るや否や、兄ちゃんはエプロンとマスクを装着しつつ、そう促《うなが》した——え？裸？　別に聴診器を当てるわけでもないのに、どうして上半身裸になる必要があるんだぜ？

「何を言っているのだ、馬鹿者。虫歯の診察にあたって口の中から唾や血が飛び散って、お前の大切なジャージが汚れたらどうするんだ」

「あ、そうか！　なるほど！　さすが兄ちゃん、頭いいなあ！」

疑問を差し挟む余地がない完璧な説明を受けて、あたしはジャージとTシャツとスポブラをがばっとまとめて脱ぎ、ベッドに横たわる——枕を折り畳んで、ヘッドレスト代わりにするぜ。

でも、やっぱりちょっと恥ずかしいなあ。

改めて兄ちゃんの前で、裸になるとか。

「またしても何を言っているのだ、馬鹿者。本当の歯医者に行けば、X線写真を撮影され、裸どころか骨まで透視されてしまうんだぞ。それを思えば、上半身裸くらい、何が恥ずかしい」

まったくその通りだった。目から鱗《うろこ》とはこのことだぜ。

兄ちゃんが着ているエプロンをあたしがつければよかったんじゃないかという気がするし、それ以前に、素直に歯医者に行くほうが、素人の治療を受けるよりもまだしもマシだったんじゃないかという気もしたけれど、兄ちゃんのやることに万にひとつの間違いもないんだぜ。

……そこはかとなくさらっとだったけれど、血が飛び散るって言ってなかったか？

「安心しろ。いつかお前の歯を磨いてやって以来、僕も口腔内については一通り勉強してきた」

受験勉強をしろ。

歯科医師免許も持ってない奴がマスクとエプロンをつけてベッド脇に立つと、我が兄ながら、変態度がアップしているぜ。

「助手くん！」

変態のニセ医者がそう指を鳴らすと、どこからともなく、白衣の幼女が現れた。八歳くらいの幼女。マスクと帽子で、その正体はさっぱりわからないけれど、かすかにこぼれる後《おく》れ毛は、どうやら金髪のようだった——兄ちゃんと違って、幼女ながらにマスク美人という感じだ。

て言うか誰だよ。

家の中に知らない幼女がいるって、かなりのアンファンテリブルだぞ。

「心配するな。彼女はフレンチクルーラー三個で雇った助手だ」

心配するよ、そんな場合によっては三百円以下で雇われた薄給の歯科助手は。

幼女手ちゃん、もとい、助手ちゃんは、無言でころころと、カートを押してきていた。寝転んだ姿勢じゃ見にくいけれど、そのカートの上の金属製バットには、思いの外本格的な器具が揃っていた。

デンタルミラー、探針、ピンセット。

あと、名前のわかんない器具がいろいろと。

「名前？　たとえばこれの名前は歯肉剪刀《しにくせんとう》と言うのだが」

「武器の名前じゃん、もう既に！」

「歯茎を切断するための道具だ」

「用途はほぼ拷問器具だし！」

あたしの突っ込みを無視する形で、助手ちゃんはベッド周りを整えていく。超音波スケーラー（キーン、って奴）やらタービン（ギュルルルル、って奴）やらの電動設備や、口の中を照らすための無影灯を、てきぱきと設置する——いったい、我が家のどこにそんな本格的な医療ユニットが隠されていたんだろう。誰かの影の中にでも収納されていたとしか思えねーぜ。

さすがにうがいのための給水装置まではなかったようだけれど、代わりに洗面器が置かれた。

「まさかそのペンチみてーなので抜歯《ばっし》とか、しないよな？」

「ふっ。ちなみに歯科医では歯を抜く抜歯と糸を抜く抜糸《ばっし》がややこしいから、後者は抜糸《ばっいと》と言われるのだ」

勉強したというよりは丸暗記したみたいな知識を披露しながら、兄ちゃんは、

「まあ、見てみないと何とも言えないけれど、抜歯するならエスカレーターを使うから、大丈夫だ」

と請け合った。

「エスカレーター？」

あたしの通ってる栂《つが》の木《き》二中みてーに、中学から高校に、すっと行ける制度のことか？　それとおんなじように、すっと抜歯できるって意味？

「日本語では梃子《ていし》と書く。このマイナスドライバーみたいな奴だ」

「マイナスドライバーじゃねえか！」

梃子って書いたら、普通、梃子《てこ》って読むよ！

梃子の原理を利用して妹の歯を抜くな！

「そうか？　じゃあ、抜歯はやめるよ。せっかくだから根治《こんち》を目指したいところだけどな」

と、兄ちゃん。

根治？　そりゃあ、せっかく診察するなら、あたしとしても根治させて欲しいけど。

「ちなみに根治というのは根管《こんかん》治療の略で、細い針を使って歯の根本から神経をがりがり全部えぐり出

す治療法じゃ」

助手ちゃんがぼそりと、妙に古めかしい口調で言った。

歯科用語、全般的にまぎらわしいぜ！

「はい、あーんしてー」

「あーん」

言われるがままに口を開けるあたし。

ひょっとしてあたし、ちょっぴり兄ちゃんに、言われるがまま過ぎるかな？

「……改めて、お前の歯並びって、すげー綺麗だな。デンタルミラーで裏側まで見ると、特にそれが際立つぜ」

デンタルミラーで歯の裏っかわまで見られていると思うと、あんまり感度が高いとは言えないあたしの羞恥心も、さすがに刺激されるぜ。口の中を隅々まで観察されるなんて、ある意味、上半身裸を晒《さら》すよりもよっぽど恥ずかしいような……。

「て言うかお前、歯が三十二本あるぞ。親知らず四本、全部生えてるんだな」

「ふへ？　ほう？」

口を開けたままで首を傾げるあたし。

自分の口の中なんて凝視しないから、自覚がないぜ。

「親知らずって、普通、僕くらいの歳から生えてくるもののはずなんだけど……、まあお前、あちこち成長早いもんなあ」

感心したように言いながら兄ちゃんはあたしのむき出しの胸を軽く撫でて、検分を続ける——今この兄貴、なんの葛藤もなく妹の胸を揉まなかったか？

「ちなみに親知らずは智歯《ちし》とも言う。それが四本も生え揃っているとは、火憐ちゃん、その歳にして、既に賢者なんじゃないか？」

「え？　そう？　えへへ？」

おだてられて気分がよくなったぜ。

なので寛大に、胸を揉まれたような気がするのは気のせいということにしておいてやろう。

「助手くん!」

兄ちゃんに呼びかけられ、幼女の助手ちゃんはあたしの唇を、無造作にぐいっと引っ張った。ぐおお、唇が裏返る! 口の中に複数人の指が詰め込まれると、滅茶苦茶にされてる感が半端じゃねーぜ。

なんでそんな以心伝心なんだ、この二人!

本当、誰なんだよ、この金髪幼女!

兄ちゃんはまだしも、同性の幼女に虐《しいた》げられるー!

という現状が、あたしの心臓に早鐘を打たせる。おっぱいがむき出しだから、心臓の鼓動の速度がバレそうで恥ずかしい! ……恥ずかしいのは、見知らぬ幼女の前でおっぱいをむき出しにしていることかもしれねーが。

「親知らずって磨きにくくて、虫歯になりやすいらしいんだけど、お前のはどれも綺麗に縦方向に生えてるから、そんな心配もなさそうだな……、うーん、火憐ちゃん、奥歯だけじゃなくって、前歯の裏まで見ても、虫歯は一本も見当たらないぞ」

二人がかりでさんざん人の口の中を弄んだ挙句、兄ちゃんはそんな風に言った——え? そうなの? 虫歯ないの? まあ、虫歯がなかったのなら、その事実に越したことはねーんだが……。

「1から8まで、すべてAだ」

いや、虫歯はCとは言うけど、虫歯じゃないこと別にAって言わねーだろ。

素人が露見している。

ふむ、知覚過敏って奴だったのかな?

知覚過敏がどういう症状なのかは知らねーけど。

「待て待て、結論を出すのはまだ早い、火憐ちゃん。歯に問題はなくとも、歯肉に問題がある可能性はある」

「歯肉に? じゃ、じゃあ、まさかさっきの歯肉剪刀を使うつもりじゃあ……」

さすがにブルっちまうぜ。

歯茎を切り開かれるとか、抜歯のほうがまだいいんじゃゃ……。

「虫歯菌で歯肉が腫れあがることもあるんだ。歯茎ってのは歯を支える肉だから、普通はこんな風に引き締まっているんだが」

と、兄ちゃんはあたしの腹筋を撫でてから、

「疾患があると、こんな風に腫れあがってしまう」

と、あたしの乳房を撫でた。

今度は絶対に揉んだ！　それも割とがっつりと！

わかりやすい実演ではあった。

「なので、今度は歯周ポケットをチェックしよう。助手くん！」

この兄ちゃん、ただ『助手くん』って言いたいだけなんじゃ……？

しかし、ドーナツ三個の報酬がよっぽど魅力的なのか、幼女の助手ちゃんは、兄ちゃんが言外に要求した、何らかの薬品を差し出した。

薬品……？　薬を使うの？　素人が？

「なあに、ただのワックスさ。これを塗って、唇が傷つかないようにする」

唇が傷つくようなことをする気なの？　妹に？

そんな疑問を挟ませず、兄ちゃんは小指で掬《すく》ったワックスを、あたしの唇に塗布する——小指で掬ったせいで、塗りかたにフェティッシュさが増大している気がしてならないぜ。

「助手くん！　……違う違う、それは骨ヤスリだ」

そんな物騒な名前の器具と間違うな！

さっきまで以心伝心だった癖に、ここぞとばかりに！

ただ、代わりに兄ちゃんに手渡された器具も、見た目、そんな安全そうなものでもなかった——まあ、歯科医の器具って、だいたいは尖ってるよな。

「これはプローブといって、歯周ポケットの深さを測るスケーラーだ。この尖端でおまえの歯茎をちくちくとつついてチェックする」

なぜそんな言いかたを……。

腫れているかもしれない部位をそんな鋭利なもんでつつくのかよ。

「痛かったら悲鳴をあげてくださいねー」

「右手とかだろ⁉」

「じゃ、前歯から順番に。えいっ」

「あっ！　やんっ！　あっあっあっ！」

悲鳴というか、変な声が出た。

口の中より更に内側、深部も深部、誰にも触れたことのない未知の領域をつつかれて、あたしのデリケートなプライドがズタボロだ。

なすがままだぜ。

だが、このすべてを無防備に投げ出してしまった感じ……、決して悪くないような！

「うーむ……これは癖になりそうだな……」

兄ちゃんも兄ちゃんで変な感覚に目覚めつつあった──このままでは、いつかのアクシデントの再来っぽいぜ。人数が三人で（一人が幼女で）、しかもあれこれ特殊な道具を使っている分、背徳感が倍加している。

「だがいつか、本当に大切な人にこういうことをするときのために、ちゃんと練習しておかないと」

練習台にするな、妹の口の中を。

そして本当に大切な人にこういうことをするな。

「助手くん、ロールワッテを。火憐ちゃんの口の中に詰め込むから」

今度は間違いがないよう、兄ちゃんは助手ちゃんに、きちんと名称をあげて指示を出したが、ねえ、ロールワッテって何？

火憐ちゃんの口の中に、わけのわからんもんを詰め込まないで？

はらはらしたけれど、ロールワッテとは要するに、筒状の綿のことだった。ほっぺたと歯の間に差し込んで、口腔内の診察がしやすいよう、隙間を作るためのあれだ。幼女の助手ちゃんに唇を引っ張られるのも、いい加減痛くなってきていたので、そういう小道具を使ってくれるのは、むしろありがたかった。

「ふごうっ！」

変な声と言うか、最早ただの格好悪い声が出た

——字面だけ見たら金持ちみたいだけど、しかし一気に五個も、口に綿を詰め込まれたら、誰だってこうなる。

この藪医者（ニセ医者だけど）！

無影灯に引っ付いている鏡を見てみれば、顔の輪郭が変わって、なんか謎の役作りみてーになってんじゃねえか！

と、そのときだった。

兄ちゃんにじろじろ見られたり、ちくちくされたりして、結果麻痺していた痛みが、ここで再び強くなった——それこそ、神経を直接抉《えぐ》られるような痛みに、あたしは思わず仰《の》け反《ぞ》ってしまう。詰め込まれた綿も、全部吐き出してしまった。

「だ、大丈夫か、火憐ちゃん！　助手くん、麻酔用の注射器はあるかね！」

やめて。

それは本当にやめて。

素人の注射って、殴られるより怖い虫歯より怖いって。

……患部に直接針を刺入して麻酔をかけるって、しかし、歯医者さんってすげーことするよなあ。

「眼科なんて、瞼の裏に注射針を刺したりするけどな。羽川の目をなめたくてなめたくて仕方のない僕だって、それは行き過ぎじゃないかと思うぜ」

「…………」

自分の身内に、同級生の目をなめたくてなめたくて仕方がないという、行き過ぎどころか終わっている欲求があることを知り、戦慄するあたしだったた——その事実が精神的麻酔となり、あたしは痛みを一旦、忘れることができた。

患者から痛みを忘れさせることができるとは、このニセ医者、意外と名医なのかもしれないぜ。

まあ、無免許医でも、ブラック・ジャックとかいるしな——そういう目でみれば、マスクをつけた幼女の助手も、術衣を引きずるピノコっぽいと言えなくもねー。

「そうか。じゃあ麻酔注射は必要ないか……」

ちょっと残念そうな兄ちゃんだった。

妹に注射針を刺したいという欲求も、それはそれで終わっていると思うんだが……シリーズが終わっているからって、主人公まで終わる必要がどこにあるんだ？

「なあに、僕は麻酔が効いて顎がうまく閉じれずに、よだれや咀嚼《そしゃく》しきれなかったご飯を、だらだら口の端からこぼす妹を見たかっただけだよ」

「なあんだ、そうだったんだ！　一安心！」

「でも、歯周ポケットにも異常はなさそうなんだよな……、どの歯茎も、この腹筋のように見事に引き締まっている」

歯茎の感触と比べるように、兄ちゃんがあたしの腹筋を撫で撫でする——あのねえ、腹筋だったら別に触ってもいいってことにはならねーからな？

「ふーむ、じゃあやっぱり知覚過敏だったのかな。それはそれで問題なんだけど」

そんな診断をしながら、兄ちゃんはプローブでつんつんと、上顎の段々になっている部分をつつく。

「あっ、あっ」

と、過敏に反応してしまうあたしだったが、いや、正しい定義は知らねーけど、知覚過敏って、絶対そういう意味じゃねーだろ？

妹の口の中を針でつつく遊びにはまらないで。

「じゃあ、今日はひとまず治療はやめて、手入れだけにしておきましょうか」

本物の歯科医みたいなことを言う兄ちゃん。

でも手入れって……、じゃあ……ま、また、あのときみたいに、兄ちゃんがあたしの歯を磨いてくれるの？　ブラッシングしてくれるの？

「ふふふ。それどころか！」

それどころか⁉

「火憐ちゃん、今日の僕は、あの日の僕と違って歯科医だからな。するのはただのブラッシングではないぞ」

頼もしい！　今日の兄ちゃんも歯科医じゃないけど！　あの日と同じ、いつも通りの兄ちゃんだけど！

「虫歯はやっぱり予防が大切なのだ。通常の歯ブラシのみならず、電動歯ブラシから歯間ブラシまで、デンタルフロスさえもちゃーんと用意してある。お前の歯を遠心から近心まで、ぴかぴかにしてやるぜ！」

ぴかぴかにされちゃうぜ！

必殺仕事人みたく、デンタルフロスの糸をぴんとはる兄ちゃん——妹の歯間を磨こうという軒昂《けんこう》たる気概に溢れていた。

不健康だけど。

でも、やっぱり歯磨きではあるから、健康なのか？

「はい、もっと大きく口を開けてー。舌をあーって伸ばしてー」

「あー」

「……舌の裏って、なんかもう露出した内臓みたいだよな」

人に舌を伸ばさしといて言う感想かい。

露出した内臓を見たことがあるかのような物言いだぜ。

「ぷにぷに」

露出した内臓を触るんじゃない、デンタルフロスの糸で！

嘘もついてないのに舌を切られそうだ！

……嘘をついたら舌を抜かれるのであって、舌を切られるのは、糊を舐めた雀だっけ？

「ぎーこぎーこ」

「ひふぉんふぇふぉーふぇんふるふぁ（擬音で表現するなぁ）！」

漫画みたいな括弧の表現で突っ込んでみたが、兄ちゃんは口腔内清掃の作業に余念がなかった。邪魔をしては悪いので、あたしは黙ることにする——ただ、『ぎーこぎーこ』というその擬音では、鋸《のこぎり》で歯を切断しているみたいなんだけど……。

歯の隙間という、歯の裏側以上にアンタッチャブルな、本物の医者にだってそうは触れさせない部位まで委ねてしまう究極の受動に、あたしの胸の内にはこれまで味わったことのない、まだ名前のついていない感情が萌え出ずる。危うくその感情に溺《おぼ》れてしまいそうになったとき、

「がぼっ⁉　ごぼごぼごぼごぼごぼっ！」

あたしはリアルに溺れた。

いったい何が起こったのか、にわかには理解できない。初めて師匠から発勁《はっけい》を食らったときくらいの衝撃、あるいは、あの詐欺師に何かされたときくらいのわけのわからなさだった。

陸上にいるのに、溺れるなんてことがあるのか⁉と、目を回したあたしだったが、気付いてしまえば、我が身に起こっている緊急事態の内容は瞭然だった。

ベッド脇に立つ幼女の助手が、いつの間にやら謎の電動器具をあたしの口の中に突っ込んで、その先から激しい水流を放っているのだった。

「スリーウェイ・シリンジ」

幼女は高貴な声音で、その異能バトルの技名みたいな器具の名前を口にした——いや、器具を口にしているのはあたしなんだけど。

あれか、名前は今初めて知ったけど、水と霧と空気のスリーウェイをジェット噴射する道具か！　だとしても水流強過ぎりゅうだろ！　もとい、過ぎるだろ！

地の文に影響を及ぼすような勢いの噴水を、喉に浴びせるな！

この助手ちゃん、何かあたしに思うところでもあんのか？　さっき危なげな名前の器具を間違えて渡そうとしたのも、ひょっとしてわざとなんじゃ……。

「くっ……、ベッドの上で泡を吹いて溺れている妹の姿に溺れてしまいそうだぜ……」

今度は兄ちゃんが、名前のついていない感情に溺れそうになっていたけれど（酷い相互作用だ）、しかしそこは医者としての本分を忘れず（医者じゃねーが）、

「バキューム！」

と、助手ちゃんに指示を出した。

よかった、やっと水流から解放される……って、ぎゃー！　舌を吸われる！　やっぱわざとだ、この幼女！

兄ちゃんの何を助ける助手なんだよ！

「電動歯ブラシ！」

「うわー！　人間には再現できない回転系の動きがー！」

「超音波スケーラー！」

「げげー！　頭蓋骨の内側から容赦なく響く、黒板をひっかくような音のオーケストラで、あたしのプラークが剥がされていくー！」

「歯間ブラシ！」

「ひー！　あたしの歯の間が、まるで理科室で試験管を洗うときみたいに力ずくで洗浄されるー！」

「咬合紙《こうごうし》！」

「やめてー！　あたしの噛み合わせを確認しないでーっ……って、これは別に痛くもかゆくも気持ちよくもねーな」

かちかちと、薄い紙を噛むだけだった。

だが、そのふとした油断をあざわらうかのように、三度、あの痛みがあたしを襲った——バキュームで吸い切れていなかった口の中の水を、たまらず吐き出してしまう。

たまっていた水をたまらず吐き出したというレトリック混じりの面白展開かと思いきや、現実的には兄ちゃんと助手ちゃん、それにあたしの上半身がびしょ濡れになってしまった。

ジャージを脱いでおいてよかったぜ。

それに、さんざいじめてくれた助手ちゃんに逆襲できた満足感もあるにはあったが、ただ、それではカバーできない激痛が、口の内側に走っていた。

仰向けの姿勢を維持できず、その場でどっすんばったんもんどりうってしまう——それでも誤魔化し切れず、痛みは増す一方だった。

「馬鹿な、虫歯はなかったはずなのに……ん？　待てよ、ひょっとして」

あたしに吐きかけられた水をタオルで拭きながら、兄ちゃんは隠れた病巣に気付いた名医さながらに、指を立てた閃《ひらめ》きのポーズを取った。

演技が大きいな、この野郎。

「火憐ちゃん、もう一度診察をやり直すぞ」

「や、やだ。痛い、痛い、痛い。もうやだ。痛いから嫌だ」

「平気だよ、ちょっとほっぺをつつくだけだ」

「ほっぺをつつくだけ……？」

頬の肉越しに触診するつもり？　それでも痛いは痛いだろうけれど、でも、歯を直接触らないのなら、まだ我慢できるかもしれない。

「じゃ、じゃあ……いいよ」

触診のためにじっとしているのもつらかったんだけど、そこは助手ちゃんが尚ももんどりうとうとするあたしの肩を持って、無理矢理仰向けに押さえつけた——何気にすげー力だぞ、この幼女。

「そ、そっとね？　そっとついてね？」

言葉遣いのキャラ付けが変わってしまっているが、それだけあたしは、痛みに怯えていた——兄ちゃんはそんな哀れな妹ににっこり微笑《ほほえ》み、「ああ、そっとだ」と、人差し指であたしのほっぺをつついた。

そっと。

内側から。

「ぎゃーーーーーーーーーーーーーーーーーーーーーーーーーーーーーーーーーーーーーーーーーーーーーー！」

あたしは悲鳴をあげて、口の中に無造作に突っ込まれていた兄ちゃんの人指し指に、思い切り噛みついてしまった。

兄の指の食感を味わったが、頬の内側で稲妻のように走った痛みの味わいに比べれば、そんなの、無味乾燥もいいところだった。

「くっ……」

と、兄ちゃんは、噛まれることに慣れてでもいるのか（どんな人生だ）、すぐさま指を引き抜くことで対処する。

「な……なになに？　何したの、兄ちゃん？　爪を立ててたの？　剝離《はくり》したあたしの粘膜の細胞を、プレパラートに挟んで顕微鏡で観察するの？」

内側からつつくというのは想定外だったけれども、だけどそれにしたって、どうして頰をつつかれたくらいで、あそこまでの痛みが……。

「火憐ちゃん。お前の症状は、虫歯ではない」

兄ちゃんは剣の達人が刃物を舐めるかのごとく、嚙まれた自分の指をぺろりと舐めながら、診断結果を述べる。痛みをごまかすために舐めてるんだろうが、その指、さっきまであたしの口の中に入ってたた指なんだけど……。

「む、虫歯じゃない？　じゃあ何？」

「口内炎だ。ファイヤーシスターズだけに」

口内炎⁉　ファイヤーシスターズだけに⁉

後半の情報いらなくねえ⁉

あ、だから咬合紙を嚙んだとき痛かったんだ！　口内炎って、嚙みやすいとことかにできがちだって言うし！

ロールワッテを詰め込んだときに痛かったのも当然だ――なにせ、患部に綿がぐいぐい、押し当てられちゃってるんだもんな。

納得する一方、脱力もする。

痛みや不自由さは虫歯に匹敵するけれど、後顧の憂いという意味じゃー、口内炎は虫歯に敵するべくもない、自然治癒が期待できる症状だ。歯医者に通わずに済むという安心感もさることながら、だけど、だったらこれまでこの部屋で繰り広げられた茶番はいったいなんだったという気持ちにならないわけではなかった。

「口腔内のケアは、歯や歯茎や舌に限らず、きちんとしなくちゃいけないということだな」

まとめるようなことを言う主治医だったけれど、だけどよく考えたら、口内炎だったら、別に最後、つついて触診しなくても、視診で十分判別できたんじゃねーかと思う。

　でもまあ、あれくらいの痛みは、ケアが行き届いていなかった罰として、受け入れとくとするか……。

　起き上がろうとしたあたしを、しかし、幼女の助手ちゃんはベッドにぎゅっと押さえつけたまま、解放しようとしなかった。

　うん？　まだ何かあんの？

「あるともさ。口内炎と言っても馬鹿にしちゃあ駄目だ。患部から黴菌《ばいきん》が入ったら、悪化する可能性もあるんだからな。だから仕上げに、口の中を消毒しないと」

　言って兄ちゃんが取り出したのは、一回使い切りタイプのマウスウォッシュだった。ああなるほど、それでくちゅくちゅうがいをしろってか。用意されたスピットン代わりの洗面器が、ここで役に立つわけだ。

　口内炎についてのお説はごもっともだったので、あたしは素直に従おうと思って手を伸ばしたが、兄ちゃんはそのミニボトルを渡そうとしない。

「？」

「おいおい、さっき、あそこまで派手に、水芸のように口から水を吐き出したお前に、うがいがちゃんとできるかどうかなんて、大いに怪しかろうよ、火憐ちゃん」

　むう。

　うがいもまともにできまいとせせら笑われているようで心外だったけども、確かに、現にずぶ濡れになっている己の上半身を見れば、反論できねーぜ。

　麻酔も受けていないのにだらだらよだれを垂らすことになったらみっともない、親知らず、つまりは智歯が生え揃っている賢者のあたしとしては、ここはおとなしく頭《こうべ》を垂れるのが正解に違いない。

「でも、じゃあどうすればいいの？　教えて、兄ちゃん」

「方法はひとつしかない。火憐ちゃんの口の中を」

そう言って兄ちゃんはミニボトルのキャップを親指だけで格好良く開けて、その中身の色付き洗浄液をくいっと飲み干した。

いや違う、頬の内に溜めただけだ。

「僕が口移しで消毒する」

■■

「ふう！　さり気なく不死性を持つ僕の唾液を火憐ちゃんの口腔内に満遍なくまぶすことに成功したぜ。これで虫歯だろうと口内炎だろうと、すぐに完治すること間違いなしさ、なあ忍！」

「うぬら兄妹は、もっと深刻な何かに蝕《むしば》まれておるわい」

# つきひブラッシング

# 000

ブラッシングは女の子の嗜みとして、毎日の習慣になっている。だけど習慣になるということは、変化に鈍感になるということとイコールでもあって、その日のその朝、そのときに、

「痛っ」

と感じるときまで、私、阿良々木月火はそのことに気付かなかった。

「どうした月火ちゃん？　我が妹よ？」

妹の悲鳴を聞きつけて、お兄ちゃんが洗面所にやってきた——私は髪の中からヘアブラシを引き抜いて、

「髪の毛、踏んじゃったの」

と説明した。

「気付かないうちに、ずいぶん伸びちゃったからなー。足の爪先よりも、こう長くなっちゃったら、うーん、さすがにそろそろ切らないと」

お兄ちゃんも高校を卒業したし、撫子ちゃんもだいぶん快方に向かってるわけで、願掛けをする意味もとっくになくなっちゃってるんだから、久し振りにばっさり短くしよっかな。ベリーショートで、撫子ちゃんとお揃いにしちゃったりして。

まだ朝早いし、ヘアサロンの当日予約は、きっと今からでも間に合うだろう。これでも結構な常連さんだ、多少の融通は利かせてもらえるはず。ここ最近は、毛先を整えるオーダーしか出していなかったので、美容院としても腕の振るい甲斐があるに違いない。

「というわけでお兄ちゃん」

「なにかね？」

「三万円返して」

差し出した私の手を見て、可愛い妹が自分の髪を自分で踏んだという捨ててはおけない重大事案を、事件性なしと判断したらしく踵を返そうとしていたお兄ちゃん――そう言えばこのお兄ちゃんも、この一年で私に負けず劣らず、髪が伸びている――は、とても厳しい顔をして、私の両肩を持った。

「月火ちゃん。人にお金を貸すときは、たとえ相手が身内でも、もう返ってこないと思って貸さなければならない。それくらいの覚悟もなしに、大切なお金を貸しちゃあ駄目だ」

「うわあ、ためになるお言葉だ！　借り主からの！」

身内にクズがいる。

これは由々しき悲劇と言えた。

「一万円でいいから返してよ。美容院に行くんだから」

「ふっ。なるほど。つまり、裏を返せば、美容院に行かなくてもよければ、一円も返さなくていいということだな」

「そんなわけあるか。裏を返すな」

「じゃあこの話はこれで終わりだ」

「手のひらも返すな。我に返れ」

なんて兄だ。

これでよく妹達の振る舞いに説教できる。

「女子中学生からお金借りて返さないとか、お兄ちゃん、いつぞやの詐欺師とやってること変わらないからね？」

「ぐっ……」

相当痛いところだったらしく、お兄ちゃんは苦い笑みを浮かべた。

「相わかった。三万円は今月中に返済計画を立てて返すとして、今日のところは、お兄ちゃんがスタイリストとなって髪を切るということで勘弁してくれたまえ、月火くん」

「なぜそんな上から……」

うーん。

でも、持ち合わせがないのは私も同じだったし、だからと言って、私は思ったことが思った日にできないのが、我慢できないキャラだった。今日切りたい。今日へアカットをすると決めたからには、今日切りたい。

「て言うかお兄ちゃん、散髪なんてできるの？」

「見損なってもらっては困る。羽川のあの三つ編みを、誰が切ったか知らないのか」

知らないままでいたかったなー。

でもまあ、経験者だと言うなら、一度任せてみるのも面白そうではあった。変な髪型にされたら、借金に法定利率の枠をはるかに超えた利子をかけて、即払いを要求しよっと。

「じゃあよろしくお願いします、お兄ちゃん」

「苦しゅうない。いつかまた、羽川の髪を切る機会もあるかもしれないから、そのときのための練習をしておきたいと、僕も思っていたのだ」

今この人、やる前からはっきり練習って言った。

そしてそんなろくでもないことを思っていたんだ……。

「じゃあ上、裸になって、椅子に腰掛けて」

自室まで私を連れてくるや否や、お兄ちゃんはシザーベルトを腰のあたりに巻きつけつつ、そう促した——え？　裸？　別に着付けをお願いするってわけでもないのに、どうして上半身裸になる必要があるのかしら？

「何を言っているのだ、馬鹿者。スタイリストはお客様と雑談を交わして、プライベートを丸裸にするものだろう。それを思えば、上半身裸くらいがなんだ」

「あ、そうか！　なるほど！　さすがお兄ちゃん、頭いいなあ！　とでも、その説明でなると思うの？」

妹を上半身裸にしたいんだったら、もっとちゃんと理屈練ってこい。

「切った髪がお前の和装の中に入って、ちくちくしたらどうするんだ。僕はお前のデリケートな肌がちくちくするなんて耐えられない。兄は妹を守りたいのだ」

「ケープとかないの……？」

シザーベルトの中に、十種類以上のハサミを挿しているくらい、用意がいい癖に。自分の長い前髪をクリップで留めるという、無駄なスタイリストらしさの演出もしている癖に。

スタイリストって言うか、凶器と狂気を持った、新手の変態みたいだ。

私は家の中じゃあ和服だから、上だけ脱ぐって難しいんだよね……、椅子の前に設置された大鏡に、梳きバサミを持った変態と、上半身をはだけた和服の中学生が映っているって、どんな斬新な世界観なのよ。シリーズが完結したら何してもいいってわけじゃないでしょ？

「助手くん！」

変態のニセスタイリストがそう指を鳴らすと、どこからともなく、白衣の幼女が現れた。八歳くらいの幼女。マスクと帽子で、その正体はさっぱりわからないけれど、かすかにこぼれる後れ毛は、どうやら金髪のようだった――いや、どれだけマスク美人だろうと、スタイリストの助手に、マスクと帽子はおかしいよ。

誰だよと勘案する以前の問題だよ。

「心配するな。彼女はゴールデンチョコレート三個で雇った助手だ」

「場合によっては三百円以下というその驚くべき薄給についても気になるけれど、なんで助手は助手でも、歯科助手みたいな格好をしているのか、まず説明して？」

「うん、ヘアサロンのアシスタントさんがどんな服装してればそれっぽいのかわからなかったから、衣装を使い回した」

「それくらいちゃんとあちこち取材に行け。東奔西走《とうほんせいそう》しろ」

「えー。だってヘアサロンって、お洒落《しゃれ》で恐いしー」

お洒落が恐いとか言っているニセスタイリストに、

私はこれからヘアカットを任せようとしていた——この辺、私がピーキーで軽率と言われる所以《ゆえん》かもしれなかった。

「まあしかし、そもそも床屋さんは、外科医の役割も担っていたから、この助手くんが医療衣で現れたことには、疑問はないとも言えよう」

「言えないよ。こじつけが達者過ぎるよ」

幼女手ちゃん、もとい、助手ちゃんは、無言でころころと、カートを押してきていた。角度的にうまく見えないけれど、大鏡で確認すると、そのカートの上のプラスチック製トレイには、ブラシやらドライヤーやらヘアアイロンなど、本物の美容室と比べても遜色ない、カットのための本格的なツールが、一通り揃っていた。

「うーむ、使いかたも名称も、ぜんぜんわからんな……」

「あの、お兄ちゃん、お客様を無闇に不安にするのはやめて頂戴?」

無闇って言うか、ただの闇だ。

お兄ちゃんの腕はそんな感じで至って心配だけれど、一方、助手ちゃんのほうは自らの髪を金髪に染めている(?)だけあって、てきぱきと、ヘアカットのための下準備を整えていく。シャワーまで付属したシャンプーユニットや、パーマ用の遠赤外線照射装置を椅子周りに設置していく様子も、実に流《りゅう》暢《ちょう》だ。でも、これだけの美容セットが、我が家のどこに隠されていたのだろう? 誰かの影の中にでも収納されていたとしか思えないよ。

「前回の反省を活かして、シャンプーユニットはあるわけだから、吐きたくなったらいつでもここに吐いてくれていいぞ」

「ヘアカットの最中に吐くようなタイミングがあるの……?」

私がおののいていると、助手ちゃんが私の膝の上に、何冊かの雑誌を置いてくれた。気が利くと言うか、なんだか同情されているようだった。できる限りのことはしてあげよう感が、半端じゃない。
よくわからないけれど、この幼女から同情される
って、よっぽどなことな気がする。
「安心しろ、月火ちゃん。確かに僕はヘアサロンに
対する知識はないけれども、しかしそれはその分、
常識にとらわれない接客ができるということでもあ
る」
「お兄ちゃん、そのレベルの常識にはとらわれて？」
「顔剃りをしてしんぜよう」
常識にとらわれない意識高い系の兄は、そう言っ
てお椀の中で、シェービングクリームを泡立て始め
た。
「ふっふっふ。シェービングクリームを使った顔剃
りは、法律上、美容室では本来許可されない、理容
室でのみ許されるケアなのだよ」
「きゃー！　お兄ちゃんったら、そんな誰でも知っ
ている有名な雑学を、さもしたり顔で！」
「お前のにこ毛を一本残らずつるんつるんに剃り上
げてやるぜ！」
「にこ毛って言うかな、産毛のことを」
人の顔を果物みたいに。
しかし、言うことは馬鹿だが、クリームを泡立て
る様《さま》はなかなかだった。茶道部の私よりも、よっぽ
どうまくお茶を点《た》てるみたいに、石鹼水をかき混ぜ
ている。
まあ、知識としては知っているけれど、確かにヘ
アサロンじゃやらない施術だから、興味がないと言
ったら嘘になるなあ。
「このクリームの泡立てかたで、顔剃りの気持ちよ
さが決まってくるんだよ。職人として、ちゃんとふ
んわり作らないと駄目だ。泡の形が、たとえるなら
妹の胸くらい盛り上がってないと」
そう言ってお兄ちゃんは慣れた手際で私のむき出
しのおっぱいの形状を包むように確かめて、クリー
ムの泡立ち具合と比べるようにした。
いや、それだと妹がいる人しか理容師になれない

じゃん！

いやいや、妹がいても、そんな理容師、嫌だけど！

「もうお兄ちゃん、妹のおっぱい触り過ぎ！」

「『プラチナムカつく』よりも、今やそっちのほうがお前の口癖みたいになってきたな……」

「だとすれば、それはお兄ちゃんに、妹のおっぱい触り癖があるからとしか考えられないよね」

「それだと乳離れのできない幼児みたいだな」

「いいから早く離せや。離乳食食わせるぞ」

いつまでも慣れた手際で触ってるんじゃないよ。

何のどんな職人なんだ。

「おっぱいに辛子《からし》を塗るぞ」

「それ、お前もそこそこのダメージを負うんじゃないのか……？　一応、確認しておくけど、お前、今、首から上、すっぴんだよな？」

「うん、首から上、すっぴんだよー。その上、腰から上がすっぽだかなんだけど」

「ならばよし」

「何がいいのよ。妹の上半身が裸で、いい状況なんてないでしょ」

「ていっ」

とにかく、丹念に作り上げたその泡を、お兄ちゃんは、ヘアバンドで髪をまとめ、おっぱい同様むき出しにした私の顔面に塗布した——おお、これは熱気持ちいい！　鏡を見ると、顔剃りをしてもらうはずなのに、むしろサンタクロースよろしくおひげが生えたみたいで面白かった。

ＨＯーＨＯーＨＯー！

「顔が真っ白になって、デスマスクみたいだな」

「…………」

兄妹で認識に差異があった。

「さあ、続いてこの安全剃刀《かみそり》で……、はあ、はあ、はあ、はあ、はあ」

剃刀を持つお兄ちゃんの手ががくがく震えていた——ぜんぜん安全そうな気配がない。ちょっとちょっと、そのバイブレーションのまま、刃物を私に向ける気かい？

「なあに、案ずるな妹よ、これは武者震いだ」

「この場合、武者震いだったら、妹はもっと案ずるんだけど」

「これから妹のデリケートな肌に刃物を押し当てると思うと、胸の高鳴りを抑えられなくて」

「抑えて。一生抑えて、その欲求は」

「大丈夫。僕はこの剃刀の、百倍くらいの長さの日本刀を武器に戦ったことがある」

「今のところ私のもとに怖い情報しか流れてこない」

「いざ参る！」

できれば来ないで欲しかったけれど、果たしてお兄ちゃんは刃物を振るった——思いの外ビビり気味の、優しげな手つきだった。

シェービング初体験。

皮膚を薄い刃で撫でられるという肉体的な緊張感に、顔面というデリケートな部位がされるがままになる精神的なイケナイ感が伴って、なんだかこう、全身がふんわりする。それこそ、泡のように。

「はあ、はあ、はあ、はあ、はあ……」

当たり前だけど、身じろぎもできない、呼吸も控え目な私に対して、お兄ちゃんの息づかいがことのほか荒かった——あの、おっぱいくらいいくらでも触っていいから、これをきっかけにおかしな嗜好に目覚めるとかやめてね？

お兄ちゃん自身が語るんならともかく、私の語り部としてのスキルじゃあ、そのアブノーマルをとてもフォローできません。

色んな意味でどきどきするシェービングタイムだったけれど、そこはお兄ちゃんの自制心の賜物か、作業自体は、どうにか無事内に終了した。

「まあ元々月火ちゃん、そんなにこ毛のあるほうじゃなかったからな……、おっと、まだおでこにクリームが残っていたぜ」

そう言ってお兄ちゃんは、顔を近づけてきて、私のおでこの生え際のあたりをぺろりと舐めた。顔についたケーキのクリームをすくい取るくらいのノリだったのだろうけれど、お兄ちゃん、舐めたクリームは石鹸泡だよ。

「ぐはあっ！」

と、シャンプーユニットに突っ伏すお兄ちゃん。

お前が吐くのかよ！

「げほっ、げほっ……。ふー。死ぬかと思った」

「カット中に死ぬかと思わないで。何やってんのよ、もう」

「片手に剃刀を、片手に容器を持って、両手がふさがっていたのだからしょうがない」

「両手がふさがっていたのだったらしょうがないけど」

「なんなら月火ちゃん、げほっ、げほっ、襟足のほうもシェービングしておくかい？」

「せき込みながらお勧めしてこないで。うなじに刃物を当てられる度胸は、月火ちゃん、ないなー」

「そうか。口惜しいな。まあ、次の機会を待とう」

次の機会がないことを心から祈る。

お願いだから羽川さんには、強い意志を持って断って欲しい……、その場合、誰が次の犠牲者になるのか、見当もつかないけど。

「ならば月火ちゃん、いよいよ、本題に入ろうか。その髪をばっさり短くするんだったな」

お兄ちゃんは剃刀をカートに置いて、シザーベルトからハサミとコームを、ずばばばーんと取り出した。

「お客さん、今日はどうされますか？」

役に入った。

しかし残念ながら、どう振る舞っても、変態美容師の役にしか見えない。演技力の問題じゃなくって、自分がケアもロクにしていない伸ばしっぱなしの髪だから、説得力がまるでないんだね。

「うーん。今日はどうされよっかなー」

撫子ちゃんとお揃いのベリーショートもいいと思ったけど、せっかくここまで伸ばしたのだから、途中、寄り道をして、違うヘアスタイルを経由するというのもアリかもしれない——ベリーショートだとお兄ちゃんが失敗した場合、取り返しがつかないというのもあるけれど。

じゃあ、とりあえずロブかな？

「ロブ？　なんだ、それは、ツインテイルみたいな感じか？　ツインテイルには、僕はうるさいぞ」

このニセスタイリスト、ロブをロブスターの略と勘違いしているようだ。

ただうるさい奴だよ。

「ロブっていうのは、ロングとボブとの間くらいの長さだってば。略してロブ」

「ああ、そうなのかい」

ボケでも何でもないただの勘違いをまったく悪びれることなく、ただ、照れ隠しなのか、きざっぽくヘアクリップを、無意味に自分の頭にひとつ追加しながら、お兄ちゃんは言う。

「失礼。僕はコンディショナーとリンスとトリートメントの区別がつかないくらい、その方面には疎くってね」

「…………」

お洒落に興味のない僕ってどう感が、耐えきれないくらいにうざかった。

あと、コンディショナーとリンスとトリートメントは、今となってはもう事実上区別されていないから、その認識で正解だよ。

「ロブで、そんでもって、あとでゆるふわパーマでも当ててもらお。高そうな機材もあることだしね」

「誤解だ。いや、了解だ。この一年、二言目には誤解だって釈明する機会が多過ぎたから、何かあるとつい誤解だって言ってしまうぜ」

「これまでいったいどんなシリーズをお送りしてきたのよ。十八冊にわたって」

しゃきしゃきしゃきと、お兄ちゃんはハサミを唸らせた——さっきの安全剃刀といい、どこで手に入れたのか、道具だけは一流のものを揃えているらしい。

でもこのニセ美容師、洗髪抜きでいきなり髪にハサミ入れる気なんだ……いいけどさ。頭洗うのは一回やったしね。

ばっつんばっつん。

と、お兄ちゃんは結構躊躇なく、女子の髪にハサミを入れた――この髪をも恐れぬ、もとい神をも恐れぬ思い切りのよさは、むしろ好印象だった。

私くらいヘアスタイルの変遷を辿ると、いちいち理由を訊かれたりして、ともすると恋多き女ならぬ失恋多き女だと思われたりして、うんざりすることもあるんだけれど、いやはや、髪は女の命説に真っ向から異を唱える身としては、お兄ちゃんのこの『長いから切る』って感じは、清々《すがすが》しくある。

さすがは経験者……、まあ私、羽川さんの長髪時代って知らないんだけれどもね？　そう言えば、お兄ちゃんの恋人さんである戦場ヶ原さんも、昔はロングヘアだったと聞く。

「ふっふっふっふっ～♪」

興が乗ってきたのか、鼻歌交じりにリズムに乗って、ハサミをくるくる、手の内で回すお兄ちゃん――鏡でよく見たら、ハサミの輪っかではなく、指かけの部分を中心に回転させていた。

人の頭部付近で危ないことするなよ！

さておき、カット自体は順調な流れだったけれども、しかし順調に切られた私の髪が素肌の上に落ちてきて、それはばっちり気持ち悪かった。上半身裸になることで、なるほど着物が髪の毛まみれになることは防げていたけれど、身体がちくちくするという問題はまったく解決していないよ。

兄に守られてるの、私じゃなくて着物じゃん。

「え、そう？　ちくちくする？」

「ハサミを回転させたまま会話に応じないで！　ちくちくじゃ済まない痛みが私を襲うでしょ⁉」

「ふむ。助手くん！」

と、お兄ちゃん。

見れば、幼女の助手ちゃんは、箒《ほうき》を使って、床に落ちた私の髪をかき集めていた。なんともきびきびした動きだ。格好は外科助手だけれど、そのモーションは、やはり美容院の優秀なアシスタントに匹敵した。

できる幼女なのかもしれない。

名のある幼女なのかもしれない。

なぜ名のある幼女がお兄ちゃんごときの助手なんてやっているのかは謎めいていたけれど、とにかく呼びかけられて彼女は、ニセスタイリストの要求する道具を、カートの上から手渡した——ハンディサイズの羽根ハタキである。

「さっ、さっ、さっ、さっ」

「きゃん！」

裸の上を羽根で優しく撫でるな、くすぐるな！

本当に変態のプレイでしかないじゃん！

「そうかい？　じゃあ、億劫《おっくう》ではあるけれど、手間暇かけて、お前の素肌に落ちた髪を、一本ずつ手でつまんでピックアップするか……」

「きゃん、きゃん、きゃん！　きゃんわり、もとい、やんわり肉ごとつまんでるっ、プレイ度が増してるっ、難易度が上がってるっ、ハードモードになってるっ」

「汗で張り付いて取りづらい……。やれやれ、妹を上半身裸にしたのは、今回は失敗だった」

たとえどんな場合でも、妹を上半身裸にするのは失敗でしょ。

成功したパターンがあるの？

「月火ちゃん、代謝がいいから、景気よく汗をかくんだよなー」

「今かいている汗は、大半が冷や汗だけどね」

「ふうん？　どれどれ」

「汗の温度を確認しようとしないで？　冷や汗って、別に汗の温度が低いわけじゃないからね？　脇の下に手を差し込んで、体温と汗の温度を比べようとしないで？」

「ふむ。身体にまとわりついた細かい髪の毛は、随時取っていけばよいとして……」

妹にまとわりついた兄をどうするべきかという議論をさておいて、お兄ちゃんは、床に落ちた髪の毛のほうへと目をやった。

助手ちゃんがせわしく清掃してはいるけれど、なにせ爪先を越える長さの髪だったので、それでもまったく追いつかない。

「これだけのボリュームの髪の毛を、ただ廃棄するというのは、なんだか勿体《もったい》ないという気さえするな。なんとかこれを再利用できないだろうか」

それはそうかも。

美容院ではそんなの、心配したことはないけれど、こんな分量の髪の毛をゴミの日に出したら、何かの事件かと思われる恐れがあるしね。

「助手くん。集めた髪の毛は、ビニールに入れて保管しておいてくれたまえ。あとで、枕の素材として使えないかどうか、試してみよう」

「枕の素材⁉」

兄が妹の髪の毛を枕として愛用するとか、それはもう思われるとかじゃなくって、確実に何かの事件だね！

「これくらいあれば、枕どころか、お布団に使えるかもしれない。羽毛布団や羊毛布団があるのだから、人毛布団があっても不思議ではあるまい。ふわふわだぜ」

「重くて寝れないと思うよ」

「あるいはこの羽根ハタキを、人毛で作るというのはどうだろう。人毛ハタキで、身体に落ちた髪を払うのだ。髪で髪を払うという、これぞ永久機関だ」

思いついたエコなリサイクルのアイディアに気をよくしたのか、お兄ちゃんは更にリズミカルに、私の髪を揃えていく——ハサミの種類を使い分け、生意気にもレイヤーを作りながら、ロブヘアを多層的に構成していく。

この分なら、後日、ヘアサロンで切り直す必要はなさそうだ。

「よし、続いて前髪だな」

「よろしく。前髪、昔の撫子ちゃんよりも、ずっと長くなっちゃって、サイドと一体化しちゃってるからねー。この際、フロントをちゃんと作って欲しいのー」

「……そう言えば月火ちゃん、その昔、千石の前髪をじょきんとやったことがあったよな」

「え？　そんなことあったっけ？」

「なぜあの事件を忘れられる」

じょきんとやってやろうか、と脅すようなことを言いながら、お兄ちゃんはコームとヘアクリップを駆使して、あたしの前髪の調整に入る。個人的な好みで、姫カットみたいな、シンプルな直線にされたらどうしようと思ったけれど、後ろ髪同様、手の込んだ施しをしてくれるらしい。

「くっくっく。ちょうど目に入る長さに切り揃えてやるぜ」

「そんな地味に嫌な創意工夫を⁉」

「まつげを逆向きにカールさせて、常に目に刺さるようにしてやってもいいんだが……」

「そんな高度な腕を発揮しないで」

「冗談冗談。僕は眼球を愛するものとして、そんな真似はしない」

「できれば違う理由から冗談で済ませて。冗談じゃ済まないから」

「分け目はどのあたりに作る？」

「んーと、なんとなく右側？」

「オッケー。７：３だな」

そうだけど、その言いかたはやめよう。

そんな感じで、前髪へのハサミ入れが終わったところで、幼女の助手ちゃんが、正方形の鏡を持ってとてとて、私の背後にやってきた。お陰で、大鏡を通して、ヘアスタイルの全体像がチェックできる
——おお、プロには及ばないにしても、思っていたよりは、なかなかだ。『うわー、切り過ぎちゃった

よ！　仕方ないからこっちも短くしてバランスを取ろう！　えーん、また切り過ぎちゃったー！』という、定番の展開が訪れるんじゃないかと密かに身構えていたけれど、やるじゃん、お兄ちゃん。

「僕の角度から見るとお前の胸が合わせ鏡になって、妹の双胸が無限に存在しているようで、さすがに圧巻だな」

「少しは普通に感心させてねー、お兄ちゃん」

「おっと、失言だった。大切な妹からの信頼を失うところだったぜ。では、続いて血行をよくするために、頭皮マッサージでもしようか。頭皮と胸をほぐすのは、お兄ちゃんにお任せだ」

「まだ胸に引っ張られてるよ？」

大切な妹からの信頼は、もう失うほど残っていない。

「いいか、頭皮マッサージは指の腹で撫でるようにおこなうのだ。こんな風に」

「頭皮マッサージを胸で実践しないで？　いつまで胸に引っ張られてるの？」

そもそも胸に引っ張られてるって何、と自分の突っ込みに突っ込みつつ（安全剃刀に引っ張られるよりは全然いいけど）、私は念のためにもうひとつ、お兄ちゃんに注意を促す。

「ゆるふわパーマも忘れないでね。ウェーブつけたい、ウェーブ」

「言われるまでもない。新学期の始業式で、お前の姿を見た全校生徒からウェーブが巻き起こるくらいの見事なパーマネントをかけてやるぜ」

「そこまで巻かないでいいよ。それもう、ゆるくもふわっともしてないよ。巻き起こるくらい巻かないで」

「どれどれ。このマシーンだな」

そこは幼女の助手ちゃんに任せず、遠赤外線照射装置をがらがらと、手ずから移動させてくるお兄ちゃん。マシーンとか言ってる、スタイリスト云々以前のセンスを受けた時点で、オチが見えた気もしたが、目の錯覚だと思いたい。

定番の展開はもはや避けたのだ、まさか今更、お兄ちゃんが遠赤外線照射装置のダイヤル操作を誤って、私の髪の毛が燃え上がっちゃうみたいなお約束があるわけもなかろう。

「しまった！　遠赤外線照射装置のダイヤル操作を誤って、月火ちゃんの髪の毛が燃え上がっちゃった、ファイヤーシスターズだけに！」

「後半の情報、いらないー！」

熱い熱い熱い熱い！

洗髪の過程を省いたため、これまでお兄ちゃんが嘔吐するしかものの役に立っていなかったシャンプーユニットが、ここに来て、まさかの活躍を見せる。

お兄ちゃんは燃え盛る私の頭を強引にシンクに突っ込んで、シャワーヘッドをぐりぐり頭皮に押しつけるような形で水を浴びせ、すぐさま消火作業に取りかかった。

「がぼあっ、がぼっ、がぼっ、がぼっ、がぼっ！　溺れる溺れる溺れる！」

「おっと、危ない危ない。またしても妹を溺死させるところだったぜ」

「またしても⁉　お兄ちゃん、前にもこんなことしたことあるの⁉」

「よしよし、大事ない。助手くん、大鏡を撤去して」

シャワーを止めると、お兄ちゃんは素早く助手ちゃんへと指示を飛ばした——おい待て、撤去する前に、私の頭にどんなパーマがかかったか、その鏡で確認させろ。

隠蔽工作に手慣れて過ぎるよ。

「落ち着け、月火ちゃん。何一つ慌てなくていい、起きあがろうとするな。そのままの姿勢を維持するのだ。このまま、ヘアカットの仕上げとして、洗髪しよう。今なら十分にダメージ補修できる」

「そ、そう……？」

仕上げにシャンプーとか、最初から最後まで、美容室よりも理容室寄りのヘアカットコースだ。お兄ちゃん、衒いとかどうとかじゃなく、どうやらマジでヘアサロンの知識がなかったらしい。まあ、シャンプーユニットも、顔が上向きじゃなくて下向きになる位置に設置されてたしね……。

「本当に大丈夫？　私、お兄ちゃんが三百兆円の負債を背負う様なんて見たくないよ」

「妹の胸三寸で、それは見なくて済むものなんだけどな……借金三万円の利息が高過ぎるだろ。複利でもなかなかそこまでいかないだろ」

「ダメージ補修って、お兄ちゃん、そんないいシャンプー持ってるの？」

「応ともさ。どんな傷んだ髪も修復して、キューティクルきらっきらにしてくれる伝説の一品だ。ただし、見ての通り、炎に包まれるお前の頭部を消火するとき、僕は両手を火傷してしまってな。またしても両手が使えないゆえに」

お兄ちゃんは残念そうに首を振って、他に適切な手段は見当たらないという風に、力なく肩を落とした。

「お前の髪は、僕の口で洗わざるをえない」

■■

「ふう！　さり気なく不死性を持つ僕の唾液を月火ちゃんの髪に満遍なくまぶすことに成功したぜ。これでヘアのダメージが補修され、すぐ元通りになること間違いなしさ、なあ忍！」

「あの妹御の場合、放っておいてもすぐ元通りになったのでは……？」

# こよみヒストリー

# 000

「あらまあ、阿良々木くんったら。歴史のお勉強をしているの？　いいじゃない、そうやって無駄な努力の無様な美しさを体現するのは、後世のためになるに違いないわ」

のっけから酷いこと言ってるな。僕の無様な姿を後世に残すな。でも確かに、出会ったばかりの頃の戦場ヶ原ひたぎは、こんな奴だった。あれから僕は、色んな戦場ヶ原ひたぎと出会った。

「いいじゃないですか、素晴らしいです。時にはこれまでお散歩してきた道程を振り返ることも大切ですよ、あらすじさん」

だからって人をこれまでお散歩してきた道程そのものみたいに言ってんじゃねえよ。僕の名前は阿良々木だ。失礼、仮眠しましたじゃないんだよ。いっぺんちゃんと寝てこい、八九寺――ちゃんと起こしてやるから。

「なんだどうした、阿良々木先輩。自伝を書こうというのなら、阿良々木先輩の忠実なるしもべであるこの私に任せてくれればよいのに。出会い頭に手を取り合って、意気投合した我々の端緒を、私ほど詳細に描ける者はおるまいて」

お前が書いたら自伝にならないだろうが――そして嘘を書くな、神原。お前との端緒はなかなか強烈でほどほどに最悪だったよ。その後、意気投合したのは本当だけれど。しかし手を取るのだけは勘弁してほしいもんだね。

「暦お兄ちゃん……、暦お兄ちゃん。撫子のこと、覚えてる？」

当然……、覚えている。千石にしたこと。千石にしなかったこと。彼女が歩んだ蛇の道。身に覚えがないとは、もう言えない。ごめんなさいとも言えない。

「そうだね。その通りだね。だけど、復習しただけで満足しちゃあ駄目だよ、阿良々木くん。予習して、ちゃんとして、これからのことに備えないと」

もちろん、そうだな。その通りだな。未来へ向けて一人、颯爽と歩み出したお前が言うんだから、間違いないよな、羽川。だけどたまには、昔のことも思い出してくれ。

「…………………」

……ああ、わかってるよ。わかってる。僕がお前を、忘れるはずがないだろう。お前につけられた傷と――お前につけた傷を。お前のほうこそ、忘れてもらっちゃあ困るぜ。お前がすべての始まりであり、お前がすべての終わりだったんだから。

そしてまた始まる。

僕達は季節のように繰り返す。展開と展望の順路を歩む。

この先も、めくるめく暦を、巡るべく。

# よつぎストレス 000

「『例外のほうが多い規則《アンリミテッド・ルールブック》』」

　そんにゃ技と言うのか、力業と言うのかを放って、斧乃木余接が半身をぶっ飛ばした猿の怪異は、障り猫であるこの俺と、幼女姿の吸血鬼が苦戦中の強敵だったにゃん。

　逆に言えば、俺と吸血鬼が苦戦していた怪異を、その死体人形は、こともにゃく退治してのけたということだにゃん——ああ、先にこっちを言ったほうがわかりやすかったかにゃ？

　要するに俺達ふたりは、無表情な童女に命からがらのところを助けられたってことににゃるんだが、しかしにゃがら、これがどうにも実感がわかにゃかった——俺の頭が悪いからか？

　いや、違う。

　吸血鬼のほうも憮然としているばかりだにゃん。ちょっとしたやり取りを聞いただけでも、幼女と童女が不仲にゃことは、俺にもわかったし（猫だからこそ、個々の関係性には敏感っちゅーことかもしれにゃいが）、しかしそれを差し引いたところで、吸血鬼が死体人形に、『助けられた』にゃんて思っていにゃいことは明々白々だったにゃん。

　実際。

　助けたんじゃあ——にゃいんだろう。

「そう。僕は自分の仕事をしただけだよ」

　結局、俺にとっては正体不明でしかにゃかった、雨を操るレインコート姿の猿を撃退したのち、顔色ひとつ変えずに、斧乃木余接は言った。

　登場時に自ら名乗ったその名前も、本当にゃのかどうか、怪しいもんだにゃん。

「あなた達を助けるつもりなんてちっともなかった――障り猫と、そして、謎の吸血鬼」

「誰が謎の吸血鬼じゃ。知っとるじゃろ。儂じゃ。つい先頃、あの迷子娘と三人で、徒党を組んで我があるじ様を責めたてたりしたじゃろうが」

謎の吸血鬼にそんにゃ風に詰め寄られても、死体人形はどこ吹く風で、「そんなこともあったっけな」と首を傾げるだけだった。

「まあ、忍野のお兄ちゃん風に言うなら、『人は一人で勝手に助かるだけ』という奴だよ――もっとも、この場にいわゆる『人』は、ひとりもいないみたいだけれど」

「…………」

「…………」

そうだった。

ピースサインに見せかけたエアクォーツをしにゃがらあのアロハの言葉を引用されたところで、この場にいるのは、障り猫という怪異と、吸血鬼という怪異と、死体人形という怪異だった――ついでに言えば、撤退したあの猿だって、人にゃらぬ怪異だったにゃん。

「そんなことより、事情はさっき説明したよ、謎の吸血鬼。だからあの公園に、早く行くといい――ロリコンがそこで待っている」

ロリコンがそこで待っているのだとすれば、そんにゃ公園には何があろうと近付くべきではにゃいと俺は思ったけれど、何かの暗号だったのか、

「かかっ。まあ、よかろうて」

と、静かに頷いて、吸血鬼は素早く去って行ったにゃん――急ぎの用があるのは察するけれども、しかしだからと言って、ここまで運んできてやった俺に礼も言わず、のみにゃらず、こんにゃ無表情な童女とふたりきりにしていくとか、マジで勘弁して欲しいにゃん。

「……ついでに退治しちゃおっかな」

にゃんか物騒なこと言ってるし。

やめろ、ついでに退治するにゃ。

猿との戦闘中に吸血鬼から聞いた話によれば、こいつは怪異でありにゃがら怪異を退治するタイプの、いわゆる専門家らしいので、俺のようにゃ野良猫にゃらぬ野良怪異を、気まぐれで退治するくらいの権限は与えられているのだろう。

ただし、あのままだったらレインコートの猿にぎったんぎったんにされていたかもしれにゃい俺達を、助けてくれたのではにゃいにしても、救ってくれたことは間違いにゃいわけで、にゃらばそんにゃ、血の海に向けてキャッチアンドリリースみてーにゃことはしにゃいだろう。

しにゃいで。

「ま、障り猫は僕の専門外だからやめておくか……、お姉ちゃんが一緒のときじゃなくてよかったね」

「…………」

「ん？　何、その顔。どうしたの？　見逃してあげるって言ってるんだから、さっさと立ち去れば？　あなたはあなたで、どうやら大変みたいだし」

「…………」

いや。

そりゃまあ、見逃してもらえて嬉しいと思うべきだし、そんにゃ風にこともにゃげに無視されるようにゃ扱いに、怒りを覚えにゃくはにゃいけれども、確かに俺は俺で、大変にゃのだ。

構っていられにゃいのはお互い様にゃん。

ただ、俺様は、立ち去る前に、訊いてみたくにゃったのだ——プロフェッショニャルを徹底するこの怪異に。

あるいはそれは、『忍野のお兄ちゃん』や『お姉ちゃん』に訊くべきことを、この使い魔（式神だったっけ？）に、訊こうとしているだけにゃのかもしれにゃいけれど。

「……お前、ストレス、にゃさそうだよにゃ」

「うん？」

「ストレスって言うのか、迷いって言うのか、葛藤って言うのか、そういうのがにゃさそうでいいよにゃあって思って——にゃんであれ、決断して、それを後悔するってことは、にゃいんじゃにゃいのか?」

猿の怪異の半身を吹っ飛ばす様を見て、そう思った——俺達を助けようとするのでもにゃく、さりとて、猿の怪異に対する害意さえにゃく。

そう決めたから、そうしたというようにゃ。

そう決まっているから、そうしたというようにゃ。

職業意識と職業倫理。

にゃんっちゅーのか、『イッツマイビジネス』と、背中に貼りつけているかのようにゃ、仕事人っぷりだった。

これは仕事だから、と。

エモーショニャルにゃ部分を、すべて削ぎ落としたかのようにゃ動きを、俺は『羨ましい』と思ったのだった。

いにゃ。

羨ましいというのは少し違う。

ちゅーか全然違う。

羨ましがってにゃんかいにゃい。

だって、俺はそのエモーショニャルそのものであり——ストレスそのものにゃのだから。

無垢にゃる。

白無垢にゃる——ストレスにゃん。

「そうだね。後悔とかは、したことないね」

死体人形はあっさり答えた。

しかしそれもマニュアル通りというか、想定された問答マニュアルを『読み上げた』かのようにゃ、棒読みっぷりだったにゃん。

「いや、実際にはしているんだろうけれど、してないのと同じなのだろうね。感情なんてものは、僕にとっては道具だからね。でもまあ、それって、人間も一緒なんじゃないかって思うけれど」

「……うん? どういう意味にゃん?」

「感じてもないストレスや、感じなくてもいいストレスを感じることで、人間は遊んだりするでしょう?

僕にとっては商売道具で、人間にとっては遊び道具だけれど、感情が道具であることに変わりはない」

「……にゃんだ。ストレスは人間が成長するにあたって欠かせにゃい要素だって話かにゃ？　適度にゃストレスがあるから、人は頑張ろうって思えるんだって話かにゃ？」

「そうでありつつ、それだけでもない。逆境や災難っていうのは、楽しかったり面白かったりするってことだよ——他人の不幸は蜜の味と言うけれど、実のところ、本人の不幸だって蜜の味なんだ」

その蜜があんまり濃密過ぎると胸やけがするっていうのも、同じだよ。

あくまで棒読みでそう言う死体人形。

他人でも本人でもにゃい死人は。

淡々と、「だから」と続ける。

「あなたのご主人様には、心から同情するよ。ストレスという娯楽を、全部あなたに奪われているんだから——まあこれも、同情するっていう遊びなんだけれどね」

「……にゃあ」

さすがプロだにゃ。俺の言いたいことにゃんてお見通しか——俺にもよくわかっていにゃかった、俺の質問意図を、見事に見抜いてくる。

そうだにゃあ。

それこそ、ご主人自身は俺という、言うにゃらば己の作り出した怪異に、ストレスのすべてを押しつけていることを気に病んでいる節もあるのだが——それで俺が『可哀想』かと言えば、そんにゃことは、全然にゃかったりするのだ。

俺達は。

可哀想にゃんかじゃあにゃい。

むしろ、哀れむべきは——と、俺は死体人形を見上げた。

しかし、童女はもう姿を消していた。

別れの言葉もにゃく——仕事の続きへ向かっていた。

それはあのアロハが別れの言葉を嫌っていたのとはまったく違う味気にゃさで——ストレスの塊であるこの俺が、あの死体人形に対して、何のストレスにもにゃれにゃかったことを意味していた。

障り猫でも障れにゃい、障り猫を障害としにゃい怪異。

死体人形。

遊ぶことが人間の本分で、ストレスを感じることが遊びにゃらば、にゃるほど、すにゃわち、ストレスを感じにゃいことは、死んでいるのと同じにゃのかもしれにゃかった。

とすると、今、俺をそばに感じているご主人は、生き返ったようにゃものにゃのか——いずれにせよ。

吸血鬼の『我があるじ様』。

死体人形の『お姉ちゃん』。

障り猫の『ご主人』。

一時的に一瞬だけ共闘した三体の怪異は、それぞれの上長のために、すれ違いを終えて、行き違いと生き違いを終えて、てんでばらばらに行動を開始するのだったにゃん——それぞれの上長のために。

吸血鬼は絆のために。

死体人形は仕事のために。

そして俺は——にゃんのために？

# 人として000

我が従僕《じゅうぼく》が三つ編みの携帯食を取りに行ったのとほとんど同時に、まるですれ違うようにしれっと、あたかも隙間を縫うようにぬうっと、ギロチンカッターは姿を現した。

「なんじゃ。待っとってくれたのかの？」

「呆れていたのですよ。鬼と人との、馬鹿げた交流に」

そう言って、そして思い直したように、「両方鬼でしたか」と、ギロチンカッターは肩を竦《すく》めた。

どうやら本当に呆れておるらしい。

「小僧の結界も、フルパワーの儂を覆い尽くせるものではなかったか——かかっ。当然至極《しごく》じゃがの。で、何をしに来た？　それとも、何を死にに来た？　うぬは我が従僕にみっともなく敗北して、すごすご敗走したのではなかったかの？」

「神としては負けましたがね。人としては負けていません。あなたにも。そしてお前にも。あるいはきみにも。ついでに貴様にも」

ギロチンカッターはずんずんとこちらに近付いてくる。

恐れ知らずは好感が持てるの。

「むろん——あの子にも」

「……リベンジでも挑むつもりか？　やめとけ、やめとけ。所詮《しょせん》、たかがゲームじゃろ。そうじゃな。うぬの言う通りじゃ、あんなお遊びで勝ち負けをつけられちゃあたまらんよな」

あえて言うなら、ギロチンカッターは小僧に負けたのじゃろう。

小僧の計《はか》らいに、ドラマツルギーもエピソードも、ギロチンカッターも嵌《は》められたのじゃ――ふん。

儂も人のことは言えんか。『人』のことは。

「リベンジなど挑みませんよ。退治するだけです。根治するだけです。正しく治すのです、あなたがたを。たかがゲームの、たかがルールを、守れもしない化物どもを」

ルール？　……ああ。なるほど、そうか。

この男は、呆れているのではなく、本当の本当は、怒っておるのか。

人間の感情はわかりにくいのー。

「もう少し待っとれよ、ギロチンカッター。ゲームのルールに従って、儂がこのあと、我が従僕を人間に戻すから。そうすれば、二匹の鬼は、共にいなくなりよるわ。一匹は死に、一匹は人に。それでうぬはよいのじゃろう？　うぬの大切な使命は果たせよう？　大義のためにひっこんどれ」

このヴァンパイア・ハンターはあの専門家と、そういう取り決めを結んでおったはずじゃ。そうでもなければ、神を自任するギロチンカッターが、負けを認めるわけもない。戦地を退くわけがない。

「待ちきれませんねえ。なぜなら、そんなことは起こりませんから。あなたはあの子を、人に戻したりしませんよ。そんなことはできないのです」

「は？」

決めつけるような口調のほうに、反射的に苛立《いらだ》ってしまったけれど、いや、しかし、今儂は、何と言われた？　意味がわからな過ぎて、侮辱されたような気がするものの、一方で、もしかして褒められたのか？　というような疑惑もあった。

それこそ――鬼と人との交流を。

鬼と鬼との交流を、見ての感想がそれだと言うのなら。

「……儂には、あやつに殺されてやることなどできんと言うのか？　儂には従僕の主人として、その程度の器《うつわ》もないと思うのか？」

「いいえ。あなたは誰にだって殺されてくれるでしょうよ——ドラマツルギーさんにも、エピソードさんにも、そして僕にも。だってあなたは死にたがりなのですから、お姫さま」

「…………」

「僕は、つまり神は、あの子には、あなたを殺せないとのたまうのです。僕さえ殺せなかったあの子が、どうしてあなたを殺せると言うのです？」

それは——確かに問題じゃった。

己《おのれ》の血を吸った主人を殺すこと——鬼が人に戻る唯一の方法。

背信、反逆、革命、下剋《げこく》。

なんと言おうと構わんが……、あの愚かな従僕に、どうすれば、それができるのか。

主人殺しを成しうるのか。

死にかけの儂を助けたあやつに、今度は殺せと言うのじゃからな。

それを考えるために、それを探るために、時間稼ぎみたいに最後の対話を試みてみたが、それがヴァンパイア・ハンターを呆れさせ、怒らせるようなダイアローグになっておったと言うのなら、事態は混迷を極めておると言えよう。

「立ち去れ」

ともあれ、儂はギロチンカッターに言った。寛大にも。

「お察しの通り、今の儂はとても機嫌がいい。一回だけ——否、一瞬だけ、見逃してやるわ。心臓を失っておった程度の儂の手腕をもぎ取ってみせた、うぬの手腕を評価してやる——世のため人のため、神のためでも構わんが、そのまま怪異殺しを続けろや。自滅する吸血鬼など、放っておけよ」

「自滅？　自殺の間違いでしょう。死ぬならどうかひとりで死んでくださいよ。あの子を巻き込まないであげてください」

大人気《おとなげ》なく、手段を選ばずゲームに勝とうとした男がよく言う。

こすっからいわ。

あのやりかたもプロとして、『誰も傷つけない』、鮮やかな手腕とも言えるがの——その理屈は子供には通じんじゃろうが。

「どうやら一瞬は過ぎたぞ。うぬこそ、ひとりで死にたいのか？」

「いい方法がありますよ」

儂のありがたい忠告を無視して、ギロチンカッターは更に近付いてきた。

ゲームでとは言え、我が従僕に敗退し、精神的にはもちろん、肉体的なダメージだってあるじゃろうに、気丈なことじゃ。

恐れることを知らぬ——留まるところを知らぬ。

こやつのそういう、好感の持てるところが——嫌いじゃったな。

神になることを拒んだ儂とは、真逆の姿勢じゃよ。

いい方法？

「僕を返り討ちにすればいいのです。そうすれば、あの子はあなたを殺しますよ。そしてめでたく人間に戻るでしょう。そうすれば僕は二匹の鬼を、亡き者にできる——みんなが幸せになるアイディアでしょう？」

「はあ？　なぜうぬを殺せば、我が従僕が儂を殺す？」

なんで我が従僕が、にっくきうぬの敵討《かたきう》ちなどするんじゃ。

自分があやつに何をしたか、もう忘れたのか？

「僕は手段を選びませんよ。僕にとっては僕の命も、ありふれた手段のひとつです。僕の命は、もっとも使いやすい道具です。鬼を刺すための剣です」

「そうかい。最後の最後まで、うぬはわけのわからん男じゃったな」

「あなたにはわからなくていいんですよ。あの子にはわかるでしょうから」

「ますますわからん。わからん男じゃし、わからん男じゃ。じゃがまあ、そんなダブルでわからん男としのぎを削ったこの数年は」

楽しかったと言うところじゃった。危ない危ない。

儂は妖刀『心渡《こころわたり》』を抜く――身体《からだ》から抜く。妖怪しか斬れん刀じゃが、こやつはほとんど妖怪みたいなもんじゃろう。

鬼を刺す剣と鬼を殺す刀で、しのぎを削ろう、文字通り。

「それでは参りますよ、キスショット・アセロラオリオン・ハートアンダーブレード。鉄血にして熱血にして冷血の吸血鬼――怪異殺し。僕の本気を振る舞いましょう。死力と贅《ぜい》を、尽くしましょう」

「ご馳走になろう、ギロチンカッター。ヴァンパイア・ハンター。喜べ、これまでのご褒美に、こちらこそ本気を出してやる。空を飛ぶ。影に潜る。霧になる。姿を消す。変身する。眼力を使う。物質具現化をする――フルコースを食らえ。不死力と贅を、尽くしてやる」

「ボナペティ」

「ボナペティ」


……その後のことは、儂も語るまい。

儂は勝ったし、あやつは負けなかった。

儂は斬ったし、あやつは切れておった。

儂は喰ったし、あやつは喰えなかった。

ギロチンカッターは最後までわからん男じゃったし、そして最期まで抵抗した――人として。

# どうかして000

「ああ、よかった」

「なにが？」

私が心から安堵《あんど》のため息をつくと、忍野さんが訊いてきた。

「きみは『あれ』を見て、本当にそう思えるのかい？あんな世にもおぞましき惨状を見て、迷いなくよかったと言えるのかい？　だとすればそれは——異常だよ」

「…………」

言うことはわからないでもなかった。

惨状。私達の前で繰り広げられている光景は、まさしく惨状だった——阿良々木くんが、キスショット・アセロラオリオン・ハートアンダーブレードの首筋に嚙《か》みついている。

人が鬼を食べている。鬼が鬼を食べている。鬼が人を食べている。

抱き合うような姿勢で、ほとんど一体化しているようなふたりのことを、なんと言ってもいいけれど、実際はそのどれでもないのだろう——彼らはこれから人でなしになり、彼女達はこれから鬼でさえなくなるのだから。

「だけど、これでよかったんじゃないんですか？だから忍野さんも、こんなバッドエンドを提案したんでしょう？」

「そんなわかりきったことみたいに言われても戸惑うよ。わかりきったことじゃなくて、これは割り切ったことなんだ。僕はプロとして、プランを提示しただけだよ。これでも、いろんなプランを提示したつもりだよ。その中でも、もっとも意味不明な方法を阿良々木くんは選んだ。理解に苦しむというのが、正直なところさ——だが、顧客の選択に文句をつけないのも、プロとして大切なことだ」

悪ぶって、憎まれ口をきいている——わけでもないのだろう。

だけでもないのだろう。

忍野さんは、たぶん本当に阿良々木くんの選択に戸惑っているし、それに、キスショット・アセロラオリオン・ハートアンダーブレードにも戸惑っているのだろう——理解に苦しんでいるのだろう。

どう整理すればいいのか、決めかねている。

むべなるかな。

気持ちはわかるとしても、その気持ちがわかったらおしまいという風にも思える——でも、私だったらどうしていただろう？

今じゃなく、もっと前。選択の余地があるうちなら。

吸血鬼に会えるんじゃないかと、ほのかに期待してお散歩をしていたとき、四肢をもがれた吸血鬼と遭遇していたなら——私はいったい、どんな判断をしていただろう？

あまり愉快な結論が出そうな設問じゃなかった。

案外、あっさり見捨てていたかも……。

『うーん、でもこれが自然の摂理だから、仕方ないよね』なんて諦めて、後味の悪いストレスを、どこかにポイしていたかもしれない。そんな不法投棄を、野良猫が食べたらどうなるのかを、考えもせず。

少なくとも、泣き叫ぶ死にかけの吸血鬼は、優しさなんかじゃ長らえさせられなかっただろうな。

「阿良々木くんは、この先、どうなるんだろうねえ」

と、忍野さんが冷ややかな口調で言った。

「人類の敵である吸血鬼を、退治しないことを選んでしまった——選べてしまった阿良々木くんは、この先、どうなるんだろう。誰のことも見捨てられなくなるんじゃないだろうか。誰のことも諦められなくなるんじゃないだろうか。誰のことも——助けられなくなるんじゃないだろうか」

「…………」

助けない。力を貸すだけ。

人はひとりで勝手に助かるだけ——それが忍野さんのモットーだそうだ。

だけど今、話題にのぼっているのは、阿良々木くんの将来だった。

「重さのない少女も、道に迷う少女も、ひたすら願う少女も、被害者の少女も——阿良々木くんは、助けられなくなるんじゃないだろうか」

少女、少女、少女、少女？

誰のことを言っているのだろう。たとえ話か？ メタファーか？

それともこれが、阿良々木くんの言うところの、『見透かしたようなこと』なのかもしれない。

そう。阿良々木くんの人としての未来は、これで断たれた。ぷつんと。

みんなで不幸をわけあったようでいて、やはり一番不幸になったのは、文句なく阿良々木くんだ——受けた被害の大きさは人間が一番多いし、受けた損害の大きさは吸血鬼が一番多いだろうけれど、なぜか彼が一番多くの罰を受けた。

阿良々木くんは何も悪いことをしていないのに。

見捨てられなかっただけなのに。

諦められなかっただけなのに。

助けようとしただけなのに——助けられなかっただけなのに。

「これから阿良々木くんが、どうなるかはわかりませんけれど」

私は言う。決意というほどのニュアンスもなく。

いつも通りに言った。

「どうにかします。私が」

「……どうかしてるよ」

言いながら忍野さんは、火のついていない煙草をくわえ直した。

「知ってたかい？」

「何でもは知りません。知ってることだけ」

そしてそれは、まだ知らないことだった。
どうかしてるなんて、恋をしてるなんて。

# そして000

ドラマツルギーが僕を訪ねてきたのは、あの地獄のような春休みから丁度一年後のことだった。同属を狩る吸血鬼狩りの吸血鬼、ヴァンパイア・ハンターのドラマツルギー。細かい日付を言えば、僕がこの両剣で筋肉質の巨漢と、直江津高校のグラウンドで戦った夜から、丁度三百六十日後のことだった。

一年後だが、春休みではない。

僕はもう、あの高校を卒業しているのだから。

一連の出来事も、多少は消化したつもりだ——消化不良を起こしているだけで。

「まだ生きているとは意外だったぞ、少年」

いきなりご挨拶《あいさつ》である。

もっとも、僕としても、もう再会することはないと勝手に決めつけていた相手だったので、いきなりの訪問には驚いた。いきなりでなくとも、たとえ一年前からアポイントメントが入っていたとしても、身の丈二メートルを超える大男が現れたら、驚いただろうけれど。

「気を悪くするな、悪気はない。お前は線が細そうだったからな。仮に私達三人を倒したところで、すぐに自殺するんじゃないかと思っていた。キスショット・アセロラオリオン・ハートアンダーブレードの、一人目の眷属《けんぞく》のように」

「……自殺したようなもんだけどな。すぐに」

僕はそんな虚勢を張った。

「で、なに？　死んでないから、退治しに来たって感じ？」

「まさか。羽川翼の大事な男に、手出しをするつもりはない」

なんだその理由。

一年前、正々堂々と勝負して負けた潔《いさぎよ》さとかじゃないのか。

聞いてみれば、どうやらこの一年の間に、このガタイのいい専門家は、海外で羽川と共闘し、怪異退治に勤しむ機会が幾度もあったらしい——羽川が二学期の途中から海外に『留学』していたことは知っていたが、何やってんだ、あいつ。

マジで何者なんだよ。

誰とでも仲良くなってんじゃねえよ——と思う一方、そんな羽川だからこそ、一年前の春休み、僕を助けてくれたんだろうとも思う。嘆かわしくも僕を助けてくれた彼女に、僕の敵を助けて欲しくないとまで願うのは、まあ、勝手ってもんだな……。

「そうだな。『私の敵を助けることは、私に敵対することではない』」

「誰の言葉？」

「羽川翼だ」

「それも羽川かよ」

「実際にはもっと柔らかい口調だった」

「だろうよ。あいつが『ではない』とか、渋い口調で言わないだろ」

「『俺の敵を助けることは、俺に敵対することじゃにゃいにゃん』と言っていた」

「え？　それ、ブラック羽川、出て来てない？」

ゴールデンウィークに羽川に取《と》り憑《つ》いた猫は成仏《じょうぶつ》したはずだが……、僕の知らない事情があるのだろうか。

まあいいや。気が抜けた。

出し抜けの再会に肩肘を張って構えていたけれど、ドラマツルギーはその両手をフランベルジェにしてはいないし、本当に、僕を退治しに来たわけではなさそうだ。ギロチンカッターと違い、この専門家は、そういう騙しはしないだろう。

「ああ。お前を退治することは諦めた。諦めていないのはスカウトだ。プロの専門家になる気はないか?」

……言ってたな、それ。

同属殺しの吸血鬼にならないかと、春休みのときも。

ある種節操がないとも思ったが、しかし、それもプロの専門家として、正しい姿勢なのかもしれない。

「臥煙伊豆湖《がえんいずこ》もそうなのだろうが、私の属する組織も、何かと人材不足でな。科学全盛の世の中、怪異の数は減らずとも、怪異退治の数は減る。そこへいくと、お前はうってつけだ。どうせその有様じゃあ、まともな就職はできないぞ」

視線が違い過ぎて、ドラマツルギーがどこを見て(見下ろして)いるのか、これまでわかりにくかったけれど、彼はどうやら、一貫して、僕の影を見ているようだった。

吸血鬼ならばないはずの影――そして、人ならばないはずの影。

「『信じていれば、夢は必ず叶《かな》う』などと、信じられる歳でもないだろう。この言葉は正しくは、『信じられなくなれば、夢は叶わなくなる』と言うべきだ――そしてお前は、あの春休みを経て、それから一年を経たお前は、もう自分の将来を信じられまい」

「やめとくよ」

悪い冗談のような誘いだが、ウィットに富んだ男でもないだろう。

だから僕は再度のスカウトに、再度のお断りを申し入れた。

「今の僕が専門家になっても、同属殺しの吸血鬼でさえなくなるしな。かつての怪異殺しの眷属だからと言って、怪異殺しは名乗れねえよ。怪異と人間、両方を敵に回しかねない」

「ふん。それが怖いか。やはり繊細だな。『俺の敵を助けることは、俺に敵対することじゃにゃいにゃん』――だぞ」

羽川の言葉のまま引用するな。

お前が『にゃん』とか言ったら、シリアスな空気になれないだろ。

「私は同属殺しの吸血鬼だが、それを恥じたことはないぞ。私の仕事は、吸血鬼にも、そして人にも、敵するものではなく、むしろ味方するものだと思っている——鬼助けであり、人助けだ」

「そうかい。じゃ、志《こころざし》は同じなのかもな。だけど」

僕は少し言いかたを考えた。だけどこれは、思ったことをそのまんま、素直に言うしかなかった。

「僕は自分の将来を、まだ信じてるから」

「肝心なところで言葉を飾らん男だな。就職のための文言は修飾しないというわけか」

「いえ、そんな楽しい感じの奴じゃなくって……」

「ふん」

まあいい、とドラマツルギーは踵を返した。

なにせ身体が大きいので、踵を返すだけでも、小柄な僕は風圧で倒れそうになった——いや、これは大袈裟《おおげさ》な表現だが。

「今日のところはこれで引き下がろう。フライトの時刻があるのでな。羽川翼と、次はシンガポールの怪異を退治しに行くのだ」

なんでお前が羽川のパートナーみたいな感じになってんだよ。

この一年で、心から何があったんだ。

お前と行動を共にし過ぎたせいで、羽川が筋肉質の巨漢好きになったらどうするんだ——そう言えば『頭脳を売った』とかなんとか言ってたけど、まさかドラマツルギーに売ったのか……？

「将来を信じるかたわらで、引き続き将来を考えておけ。お前は羽川翼の大事な男で、そして私に勝った男だ——三顧《さんこ》の礼《れい》くらいは尽くしてやる」

ではさらばにゃん、と、ドラマツルギーは帰って行った。

にゃんは全然現地の言葉じゃないのだが、ともあれ仕事場に、そして戦場に帰って行った。

あいつが来て、あいつが帰って行くまで、僕はただ同じ場所に立っていただけなのに、まるで置いてけぼりにされたみたいな気分になる——日常に取り残されたみたいな気分になる。

ただし、実際に立ち去ったのは、僕のほうなのだろう。

あの春休みから、僕は逃げ出して、今もなお、逃げ続けているようなものだ——だから、ドラマツルギーの誘いに応じられなかった。

とは言え、考えるだけならただだろう。

考えるだけなら、人は死なないし、鬼も死なない。せいぜい傷が痛むだけである——生傷と古傷が、じくじくと。

僕もいつまでも十八歳じゃない、将来について思い悩むにはいい頃だ。高校を卒業しただけじゃあ大人になんてなれない僕は、自分の影に目を向け、目を逸《そ》らし、目を閉じて、考える。

そして。

# どうして000

たまには僕からもいいかな。

怪異譚の蒐集家が怪異譚を語るね。

あれは春休み初日のことだった……、なんて、もっとも、大人になって久しい僕には春休みという概念はなかったし、勤め人になったことがない僕には春休みという概念はもっとなかった。だからこれは、僕がふらりと立ち寄ったその町の、とある高校生にとっての春休み初日という意味だ。

僕は不思議なものを見た。不思議なものを見るのが仕事なのでね。

どうせ吸血鬼だろうって？　それじゃあ正解の半分だ。鉄血にして熱血にして冷血の吸血鬼だろうって？　それじゃあ正義の半分だね。

僕が見たのは、鉄血にして熱血にして冷血の吸血鬼が幼童と化し、とある高校生を引きずっている姿だった。大きな蕪でも引くように、死体みたいな死に体を引きずっていた。大学生だった頃に臥煙先輩と知り合って以来、あるいはそれ以前から、霊的体験は霊峰ほどに積んできた僕だったけれど、ああも奇天烈な光景を見たことは、かつてなかったね。

見るからにそれは重労働だった。労働ではなく拷問のようだった。

とある高校生は小柄だったけれど、しかしそれでも明白に、しかしそれでもお先真っ暗なほど、幼童の手には余っていた――意識を失っているらしい彼は、路面でずりずりすり下ろされているかのようだった。

それでも幼童は、とある高校生を手放そうとはしなかった。命のように握り締め、それが自分の肉体の一部であるかのように、かたくなに引きずり続けていた。

何があったか、だいたいわかった。

しかし、こんなことになるとは、僕はてんで思ってもいなかった――公平を期すため、僕が心臓を抜き取ったキスショット・アセロラオリオン・ハートアンダーブレードが、ドラマツルギーやエピソードやギロチンカッターという吸血鬼退治の専門家連合に、勝つ未来もあれば、負ける未来もあっただろう。

生きる未来も死ぬ未来もあっただろう。

しかし、死にかけたところを一介の高校生におめおめ助けられて、幼童と化してまで生き残るなんて未来があるなんて。

正直、そんな姿になってまで生きたがる鬼とは思えなかった――むしろ、死にたがりの鬼だと思っていた。

だからこそ、僕は彼女の心臓を抜いたんだ。だからこそ、今こそ。

一匹の吸血鬼と三人のヴァンパイア・ハンターのいざこざの、バランスを取ろうとしたというのはもちろん譲れない大前提だけれど、あれはキスショット・アセロラオリオン・ハートアンダーブレードの、生と死のバランスを取るための心臓奪取でもあった。

右心室に閉じ込められた自殺願望を、左心室に封じられた生存本能を、右心房に監禁された希死念慮を、左心房に潜んだ新陳代謝を、一度、ゼロベースに戻した。

胸の内に、数百年間積もり積もったしがらみから彼女を自由にしてあげたつもりだ――当然、親切でね。もしくは哀切でね。

僕が敬意を払うものがあるとすれば、それは年月だ。そして敵意を向けるものがあるとしたら、それもやっぱり年月なのさ。伝説の吸血鬼には、伝統の吸血鬼には、今だけを見つめて結論を出してもらいたかった――なのに、それがどうして、こんなことになる？

どうして？

なんのことはない。どうしてもこうしてもない。

通りすがりのおっさんは吸血鬼の心臓を抜いたけれど、吸血鬼の心臓を射貫いたのは、通りすがりの高校生だったってわけさ。

そんな恩人のために、彼女は無様にも無体にも、みっともなく生きながらえようとしている——吸血鬼のなんたるかを知りもせずに吸血鬼を助けた恩人から、その結果、どう思われるかを知りもせず、死に際し、安楽よりも苦痛を、尊厳よりも屈辱を求めている。

はっはー。愚かだね。だが感動した。

嘘じゃない、本当さ。

作り話じゃない。僕は真実の話をしている。

その証拠に、とある高校生を引きずる吸血鬼に、近付いて行った——近付いて言った。

助けるためじゃあなく、続けるために。

生き続けるために、死に続けるために。

彼女を退治するためじゃあなく。

彼女の退路を断つために。

「追われているのかい？　ハートアンダーブレード。だったら、僕はいい隠れ場所を知っているよ」

心臓を失ってもなお、心をなくさなかったお姫さまの老後に、せめてひとつくらい、何かいいことでもあるように。

死んでもいいことでもあるように。

# 心して000

女性の左脚を肩に担いだ白ランの少年が、

「初めはどうなることかと思ったもんだが、意外とうまくハマッたもんだな、俺達三人のチームワークって奴も」

と言うと、それに答える形で、女性の右脚をぶら下げるように持つ巨漢が、

「そうでもない。あそこまで追い込んでおきながら、結局、こうして取り逃がしてしまっている。私達三人が束になってこのザマとは、むしろ情けないと考える」

と言い、更にそれに、女性の右腕と左腕を、それぞれ握手をするように持つ、ハリネズミのような髪型の男が、

「相変わらず自分に厳しいですねえ。僕はそこまで謙虚にはなれませんが、しかしあなたの仰ることはわかります。ただし、それでも、上首尾だったほうだとは思いますよ」

と続けた。

ヴァンパイア・ハーフのエピソード。

同属狩りのドラマツルギー。

神を自任するギロチンカッター。

私情と仕事と使命で戦う、三人の専門家の会話である——具体的には、鉄血にして熱血にして冷血の吸血鬼、キスショット・アセロラオリオン・ハートアンダーブレードを、取り逃がした直後の会話である。

もっとも、狩りの対象からはご覧の通り、その四肢をもぎ取っており、既に仕留めたも同然だ……『仕留めたも同然』。

その『同然』について、しかし、三人の評価がわ

かれている。

　エピソードは楽観的であり、ドラマツルギーは悲観的。

　そしてギロチンカッターは——客観的だった。

「上首尾だったほうだとは思いますよ——正直言って、この協調は、三人のうち最低ひとりは犠牲になることが前提のようなものでした。なのに、こうして三人とも無事でいるのですから」

「三人のうちひとりは犠牲？　おいおい、勘弁してくれよ。そんなの俺は初耳だぜ、ギロチンカッターの旦那」

「私は覚悟をしていた。元より、ハートアンダーブレードに挑むにあたって、己の命を惜しむつもりなどない」

「なんともドラマツルギーさんらしい矜持ですが、エピソードくんとて、それは同様でしょう……、言うまでもなく、この僕も。三人で挑む最大のメリットは、あの不死身の怪異殺しに対し、ふたりまで死ねるということなのですから」

　あくまで淡々と、冷静に事実を分析しているだけと見えるギロチンカッターだが、しかし何の危惧もないわけではないようで、チームの成果を評価しつつも、どこか思案顔である。

「なんだよ、旦那。死人が出なかったことの、何が気に入らない？　まさかハートアンダーブレードが、俺達相手に手加減してたとでも言うのかよ？」

「手加減とは違うのでしょうが、彼女が戦闘に際して、心ここにあらずだったことは間違いなく確かですよ。僕達とではなく、まるで自分自身の、心の空白と戦っていたような」

「心の空白？　心臓でも落としたのか？」

　ドラマツルギーからの、似合いもしない冗談じみた反駁を、ギロチンカッターは「あるいはね」とがえんじた。

「わかんねーな。もしもハートアンダーブレードが心ここにあらずで戦っているってんなら、それは俺達にとって、不安材料ではなく好材料だろうよ。このまま追いかけりゃ、簡単にとどめがさせるってことだ。後遺症が残らない程度に殺してやれるってことだ」

「わかっていませんね、エピソードくん。心ここにあらずのコンディションでも、僕達の不意打ちをかわしてみせたあの吸血鬼が——もしもこの逃走中に、心の空白を埋める何かを見つけてしまえば、形勢は一気に逆転するということですよ」

「私達が手足を引き千切るまでもなく、ハートアンダーブレードの存在が、すかすかのハリボテだったというのなら……、私達こそ、彼女の空白と戦っていたようなものか……」

神妙なギロチンカッターの議案に、より慎重さを帯びたドラマツルギーの思考だったが、エピソードの進歩的な戦意は、それで微塵も揺らぐことはなかった。

「くだらねえ」

と、ヴァンパイア・ハーフの少年は大胆に踏み込む。

「埋められねえから空白なんだろ。すかすかのスカなんだろ。見つかりっこねえよ、あの吸血鬼の、数百年の空白を埋められるような何かなんて。あの刀にぴったり合う鞘のような何かなんて」

「何かではなく、誰かかもしれませんがね」

そう構えつつ、基本的には彼も同意見らしく、ギロチンカッターは、

「まあ、ゆめゆめ用心を怠らないようにしましょうというだけのことですよ。用心……、心ここにあらずな獲物に対し、僕達は、しゃきっと心を用意してかかりましょう」

と、引き締めるようなことを言った。

「うむ。心してかかろう」

最後にドラマツルギーがそうまとめ、そして手足を抱えた三人の狩人は、夜の闇に溶暗したのだそうだ。

# まよいウェルカム

## 000

どうやら、また死んでしまったらしい。

今回は着地に失敗しての、全身を強く打っての死亡である——上空数万メートルからの壮大な着地失敗とは、何とも俺様らしく誇らしい。まあ、数万メートルは言い過ぎかもしれん。しかしながら俺様としては、この落下死を失敗に計上しようというつもりは更々ない。不死身の化物であるところの俺様は何も失ってなどいないから。元より、決死にして必死にして万死の吸血鬼であるこの俺様、デストピア・ヴィルトゥオーゾ・スーサイドマスターにとっては死など呼吸と同義である。息を吸うように死んでは、息を吐くように生き返る。そんな生活を、数万年に亘って送ってきた。まあ、数万年は言い過ぎかもしれん。

とは言え、今回の落下死は、回避しようと思えば回避できた。むしろ回避したために生じた落下死だ。強がりではなく（強がるまでもなく、俺様は強い）。

遥かかなたから格好よく滑空してきた生身の俺様が、着地点と見定めた座標に、まさかの先客がいたのがよくなかった——俺様がヘリポートにしようと思っていたちっぽけな山の頂上は、どうやらこの国の神様の住処だったようだ。俺様で言えば、かつての『死体城』だな。実は減速することなく勢いよく着地し、出会いがしらに小山を木端微塵にしてやろうと目論んでいたのだが、さしもの俺様も、いきなりこの国の神様に危害を加えるつもりはなかった——礼節を弁えた俺様なのだ。なので小山を吹っ飛ばすつもりだった衝撃を、俺様は全部自身で食らったというわけだ。食らうのは趣味だが、衝撃まで食らうことになろうとは。

「大丈夫ですか？　異国のお客人。客死なんて素敵過ぎますよ」

通常の手順で再生した俺様にそう声をかけてきたのは、髪を左右でふたつに縛った、年端もいかない少女だった――たぶん当たり前なのだろうが、いかにも根付いた和装姿だ。

ふむ。見たところ、ここ一帯を治める土地神と言ったところらしい。蛇か？　いや、蝸牛――かな。

エスカルゴを前に、一瞬俺様の芳醇な食欲が刺激されたが、やめておこう。食うためには殺さなければならぬ……、殺して喰うが俺様の流儀とは言え、しかし、つい先ほど助けたばかりの命を、舌の根も乾かぬうちに舌の上に乗せるのでは、行動が一貫しない。

キャラがぶれるのはよくなかろう。

なので、食べる代わりに俺様は訊いた。

「おい、神様よ。この近辺にキスショット・アセロラオリオン・ハートアンダーブレードという金髪の吸血鬼はいるか？」

「おや。やはり、あのかたの関係者でしたか……、ええ、一目見たらわかりましたよ、鋭いわたしには」

鋭いらしい。そうは見えんが。

そもそも、こんな幼い少女に神様が務まるのだろうか？　変な国だ。

「見た目について、あなたにあれこれ言われたくありませんが……、鏡をご覧になったほうがいいんじゃないですか？」

「生憎、吸血鬼でな。鏡には映らん」

「それはそれは」

何を言っているのだ？　性別を超越した妖艶さを放つこの俺様の見た目について言及するとは神をも恐れぬ少女だ――少女が神か。

「で。キスショットは」

鋭い神様に、俺様は先を促した――知っているのならさっさと教えてもらいたい。俺様は寿命は長くとも気は短い。殺して喰うぞ。ただ、ここで両縛りの神様は、芝居がかった風に両腕を組んで、「ふーむ」などと、あからさまに勿体ぶる。

「……察するに、旧友にお会いになりにいらした感じでしょうか？　しかし、あのかたを『キスショット』と呼ぶ人物は、ふたりの従僕だけだったはずなのですが」

「ふたりの従僕？　ふん。俺様がつけた名前を俺様がどう呼ぼうと、俺様の勝手だとは思わんか？」

「なるほど。名付け親でしたか……、差し出がましいようですが、あのかたにどういったご用件で？」

お節介な神様だな。これも土地柄か。郷に入っては郷に従おう——業に入っては業に従おう。生まれついての吸血鬼であるこの俺様が食欲以外の何かに従うなど、滅多にあることではないがな。

「何。ご存知の通り、吸血鬼も今や絶滅危惧種なのでな。滅びを前に、六百年ぶりに我が眷属と旧交を温めようというだけだ。俺様の作ったあの吸血鬼が、あのプリンセスが、いったいどんないい女になったか、見てみたいというのもある」

「……あんまりお勧めしませんねえ」

これも入国審査と割り切って、問いかけに答えてやった俺様に、両縛りの神様は気勢を削ぐようなことを言う。

「そういうのって、『昔はよかった』的な思い出のままにしておいたほうがいいんじゃないですか？　六百年も会わなかったのであれば、もう別人みたいなものですよ」

「人ならな。俺様達は鬼だ」

「……たとえば、あなたが『どんないい女になっているのかな？』と、わくわく楽しみにしている眷属が、八歳くらいのいい幼女になって人間の影に飼われていたとしたらどうします？」

いい幼女って。なんだそれは。

「ぶっ殺す。殺して喰う。幼女と人間を」

「ですよねえ。……わたしの両親って離婚しているんですけど」

神様は、さらっと話を変えた。両親？　離婚？

どんな神様だ。元人間か？

「とりわけ最後のほうは、いったいなんで結婚したんですかと突っ込みたくなるような仲の悪さだったんですよね——この結婚は間違いだったと我先に言っていました。言い争っていました。でも、どうなんでしょうね？　結婚当初は、その選択は、正解だったはずなんですよね」

「…………」

「正しかったはずのことが時間の経過によって間違いになってしまう——これってやりきれない話ですよね？　最近ですとね、鎖国っていう概念が教科書から消えたらしいんですよ。ずっとそれが正解だと教えられてきたのに今になって間違いだったと言われましてもねえ。別に何か新事実が発見されたわけじゃなくって、昔だって出島で貿易していたことはちゃんと教えられていたのに——出来事は変わらないのに、時代が変わっただけで、正解が変わるだなんて」

ふん。くだらん感傷だな。さては神様になりたてか？　やはり元人間？　悠久の時を生きる吸血鬼にはそんな感傷、無縁の極みだ。

「でも、そんな感傷こそが、吸血鬼を絶滅危惧種に追い込んだのでは？」

痛いところを突く。さすがは鋭い神様。

腹が立ったがそれ以上に腹が減っている。

このままだと怒りに任せて脈絡なく、このエスカルゴを食ってしまいかねない——キャラがぶれるのはよくないと、俺様は自分でも驚くほどの自制心を発揮する。

「いいと思いますけどね。別にぶれても。正解が変わるんですから、性格だって変わりますよ。それは生きている証でしょうに——変化しないなんて死んでいるも同然でしょう」

「正解や性格はともかく、生死についての談義を吸血鬼に振るとは、なかなか命知らずだな。まあいい、これも文化の違いだと受け止めよう。いいから質問にだけ答えてくれ、異国の神様――この近辺に、キスショット・アセロラオリオン・ハートアンダーブレードという金髪の吸血鬼はいるか？」

「再会なさって、彼女に幻滅することがあったとしても、昔の思い出までは否定しないと約束してくれるなら、お教えしましょう」

海外からのお客様には親切にさせていただきますよ、鎖国という概念こそなくなりましたが、なぜか開国という概念はぎりぎり残ったことですし――と、神様は含みを持たせた言いかたをした。

「『昔はよかった』を拒否するのなら、『昔はダサかった』も拒否してください」

「わかった。わからんがわかった。約束しよう。たとえキスショットが、どんなつまらん女になっていて、名付け親である俺様をどれほど失望させようとも、プリンセスとの昔の思い出にまでは失望しないと――俺様は何も失ってなどいないから」

美しい思い出は美しいままに保存しよう。

たとえどんな醜悪な現在と向き合うことになろうとも。

「では。申し遅れました、わたしは、八九寺真宵です。わたしは八九寺真宵といいます。このささやかな町を統治する、偉大な存在です――歓迎しますよ、決死にして必死にして万死の吸血鬼、デストピア・ヴィルトゥオーゾ・スーサイドマスター。ご質問はキスショット・アセロラオリオン・ハートアンダーブレードという吸血鬼はいるか、でしたね？」

「ああ、そうだ」

「いません。もう」

と、なぜか笑顔で、両縛りの神様。

（忍物語に続く……）

# よつぎスノードーム

## 000

　斧乃木余接という死体人形が我が阿良々木家に居候する運びになったので、友好を深めるために、とある日曜日、僕はかまくらを作ることにした。たぐいまれなる僕の器量を考慮すると、もしかすると誤解を受けてしまうかもしれないけれど、別段、神奈川県で幕府を開こうという話ではない……、いい具合に雪が積もったので、お馴染みの（なんと読むのかわからない）浪白公園で、せっせと半円状の住居を建設したという意味だ。

　吸血鬼の体力があればお茶の子さいさいの軽労働であると言いたいところだけれど（軽労働などという労働があるのかどうかは議論が分かれるところだが）、残念ながら、今日びの僕はその超常的なパワーを便利使いするわけにはいかない事情を抱えた身の上である。人間の体力と人間の知識で、人間の手足を使い、かまくらを作るしかなかった……、当たり前だが、忍に手伝ってもらうこともできない。むしろ斧乃木ちゃんと相性の悪い彼女が眠っている間に、こそこそおこなわねばならない接待である。

　後ろ暗いぜ。

　できれば重機を用いたかったが、予算の都合もあってスコップ一本でなんとか作り上げた。久しぶりに作り上げたかまくらの中央に七輪を置いて、アイスクリームとフローズンドリンクを準備し、準備完了。

　いかがですか？

　妹達と仲が良かった頃に作って以来だったが、まあそれなりに形になったと自己評価できる……、というわけで、ゲストである斧乃木ちゃんを、家から目隠しして、このゲストハウスへ連れてきた。

スノードームと言うべきか。

「スノードームはかまくらの英訳じゃなくない？　鬼のお兄ちゃん、そんな英語力じゃ、この先の受験は絶望的だね」

と、斧乃木ちゃんは辛辣だった。

目隠しして連れてきたからかもしれない。

「絵面が犯罪的過ぎるよ。こんな童女を目隠しして、ひとけのない公園に連行するなんて。僕もお姉ちゃんのことを、変わった運びかたをするけれど、その個性を悠々《ゆうゆう》と越えてこないで」

「まあそう怒るなよ。きみの歓迎会みたいなものなんだから」

「歓迎会？　こいつはお笑いだ」

にこりともせずに、斧乃木ちゃん。

なにせ死体人形なので、表情は微動だにしない……、存在としても死んでいるし、表情筋も死んでいる。だから怒っているようにも見えるのだけれど、実際には特に不機嫌というわけでもないのだろう。

「そうだね。確かに僕は死体だから、低温が好きで、アイスが好きだけれど、こんな機嫌取りの必要はないんだよ。僕には機嫌なんてものはない」

感情も気持ちも、心もない。

と、斧乃木ちゃんは、かまくらの中に設置したスノーチェア（そんな表現があるのかどうか知らないが、要するに四角く固めた雪だ）に座り、用意した数種類のアイスクリームに手を伸ばした。

一度に食べられるのは一種類だが、第二候補もあらかじめ確保する手際のよさだ。

よかった、僕の用意した飲食物には手をつけないというほどに嫌われているわけではないらしい。

「嫌ったりしないって。感情もないから。あなたがどういう人間でも。最低の人間でも。あるいは最高の人間でも」

「最高の人間で嫌われることは、普通ないだろう」

「そうでもないことを鬼いちゃんは知っているはず

だし、もちろん僕は、最高の人間だからと言って好きになることもない」

　そっちのほうが辛そうにも思える。

　いいものをいいと思えなかったり、好きな人を好きと思えなかったり、面白いものを面白いと思えなかったり……、そういうひねくれは、春休みまでの僕がさんざん体験してきた感覚ではあるけれど。

　まあ、辛いという感情もないのか。

　この子の場合は。

　アイスクリームもフローズンドリンクも、目の前にあるから反射的に食べているだけであって、そこに喜びもないのかもしれない。

「心配しなくても、昔みたいに阿良々木家を吹っ飛ばしたりはしないよ」

「…………」

「今回の僕の任務は、あくまでもどこまでも見張りだからね。こんな饗応があろうとなかろうと、『例外のほうが多い規則《アンリミテッド・ルールブック》』をほいほい使ったりはしない……、あくまでもどこまでも阿良々木月火のぬいぐるみに徹するつもりでいる。だから心配ご無用……、と言うか、心配しても無駄だ」

　吸血鬼化できなくなった鬼いちゃんにとって、僕は屈するしかない暴力の塊なのかもしれないけれど、こんな賄賂を贈ったからと言って、僕の判断や行動が妨げられることはないのだから——と、斧乃木ちゃんはアイスクリームの蓋の裏をぺろぺろ舐めながら言った。

　舌を出しながらよくそんな長台詞を言えるものだなと感心したが、一方で、感情がないからと言って、必ずしも正確な読みができるわけではないと知り、ある意味で不安になってしまった——この子の判断ミスで、将来、僕がぶっ殺される可能性があるかもしれないと。

　あくせくかまくらを作ったり、神原の部屋から七輪を借りてきたり（あいつの部屋はブラックホールなので、大抵のものはある）、アイスクリームやフローズンドリンクを用意したりしたのは、そりゃあもちろん、斧乃木ちゃんの機嫌を取るためだった――が、身の安全を図るためではない。

究極、僕なんてのはどうなっても仕方ないわけだし――これまで吸血鬼の力を乱用した報いは、受けなければならない。見張ってくれるのは、むしろ好都合と言える。なんならこっちからお願いしたいくらいだった。

が、見張る側の思いはどうなんだろう？

ただでさえ、手折正弦《ておりただつる》と、あんなことになった直後である――僕みたいなどうしようもない奴の番をしなければならないという苦痛はいかばかりかと考え、せめてもの償いのつもりで、もてなしを目論んだのだが、ただ、これはこれで、こちらこそ的外れだったのかもしれない。

見張る側の思いも何も。

あるいは、死刑執行人の思いも何も――思いそのものがないと言うのなら。

「だけど僕の彼女は、そんな『思い』を失った人生を送っていたからね。なんとなく放っておけないんだよ、僕は、きみのような死体を」

「変態」

危機感を覚えるよ、と童女は氷点下のような口調で言ったが、たとえパウダースノー同然の軽口でも、なんらかの感情を覚えると言わせたのは、ひとつの成果であるようにも思えた。

まあ。

今のところは、こんなところだろう。

せめて関係性までは冷え切りませんように。

「長い付き合いになりそうだし、きみが腐らずに居候できるよう心がけさせてもらうよ、斧乃木ちゃん」

かまくらの中でなくとも、凍えるほどに寒い台詞だったが――僕はキメ顔でそう言ったのだった。

# おうぎロードムービー

## 000

忍野扇という謎めいた後輩が、僕の大学合格を祝して、春休みともなんとも言えない大学入学準備期間のある日曜日、遊びに誘ってくれた。なんであれ彼女からの誘いにはほいほい乗ることにしているのがこの僕、阿良々木暦という好青年だが、一応行き先くらいは聞いておくことにした。扇ちゃんからのサプライズには、さすがの僕ももうこりごりなのだ。

「別に驚かしたりしませんよ。一緒に映画を見に行こうと思っているだけです」

「映画？」

「ええ。波瀾万丈な人生をお送りな我らが阿良々木先輩も、たまには他人の物語を眺めてみてはいかがでしょう？」

ふむ。

なるほど、なかなか的を射た提言である。ここのところ僕は、大学受験も含めてだが、自分の人生ばかりに目を向けてきた。地獄に堕ちてまで、見たのは己の回顧録だ——それが悪いとは言わないけれど、さりとてこれから新しい世界に出ようというときに、自分のことばかり考えているようでは、いささか頼りない。

映画の大画面には、視野を広げるという意味もあるはずだ——いやはや扇ちゃん、あの忍野メメの姪っ子というだけのことはある。

「よし、いいだろう。題目は任せるぜ。ただ、ホラー映画で僕を怖がらせようとしているんだとしたら、そんな企みは無為に終わるだろうことは老婆心ながら告げておく。本物の恐怖体験を知ってしまっている僕は、もう作り物の吸血鬼で震えることはできないからね。悲しいことに」

「了解です、阿良々木先輩。エスコートさせていただきますよ、恐怖の館に。もとい、映画館に」

「？」

まるで映画のタイトル以前の、映画館の選別から腕の見せ所みたいな言い回しだが、ひょっとして単館系みたいなお洒落なところに行くつもりなのだろうか？

正直、そんな高尚な趣味は持っていないのだが……、後輩の前で見栄を張るにしても、巨匠が昔作ったマイナーな自主制作映画を語れるような知見は僕にはないぞ？

羽川じゃないんだから。

が、この心配は杞憂だった。

映画館は入ったことのない路地でひっそりと運営されている、知る人ぞ知る秘密のミニシアターではなく、繁華街にある大手シネコンだった――ただし座席が特殊だった。

カップルシートだった。

「扇ちゃん――」

「どうしました、阿良々木先輩。あんな大言を吐いておきながら、怖じ気づきましたか？　愚かですねえ――たかが座席ごときに」

ここしか空いてなかったんですよ、と飄々と言う扇ちゃん――あれだけの事件を起こしながら反省の色が見えない気がしてならないが、しかし他に空席がなかったというのであれば仕方がない。

見る限りシアターはがら空きのようにも見えるが、きっとこのあと満席になるのだろう。

「カップルシートという名前ですが親子や友達でも利用できますよ。理性の化身である阿良々木先輩のこと、まさかこの私と間違いなど起こさないでしょう。それとも私のことをそういう目で見てらっしゃるんですか？　意外だなあ、石部金吉《いしべきんきち》で知られる阿良々木先輩が、私を女として見ているだなんて」

暗闇みたいな目でまっすぐ見つめられてそう言わ

れると、反論が難しい。あっさり言いくるめられ過ぎだと自分でも思うが、僕が扇ちゃんに言いくるめられるのは最早必然でしかない。

僕はカップルシートに腰掛けた。

シートと言うか、ほぼダブルベッドみたいな作りだ――こんなもん、映画の最中に寝てくださいと言っているようなものじゃないだろうか。

「先輩。腕を横に」

「腕を横に？」

言われるがままに腕を横に伸ばすと、

「よいしょっと」

扇ちゃんはそこに頭を置く形で寝転んできた――腕枕である。

「あの、扇ちゃん？」

しかも二の腕あたりに頭を置いている。ほぼダブルベッドみたいな作りと言ったけれど、この距離感なら、シングルベッドでも十分収まるくらいだった。

「はっはー。ひとりでいろいろ画策してきた私ですが、本当はこんな風に、先輩に甘えたかっただけなのかもしれませんね」

「違うだろ」

「来年からはこうやって、神原先輩に甘えることにしましょう」

「神原に迷惑をかけるな。僕にしとけ」

しかし……、デラックスシートくらいなら僕も知っていたけれど、いろんな映画館があるものだ。カップルシートにベッドに……、爆音上映、みたいなのもあるんだっけ？

「ええ。あとは応援上映とか、登場人物と一緒に歌える歌唱上映とか……、映画の見方も多様性の時代です」

「それで言うと、あれ結構憧れるな。屋外で映画を見る奴。公園とかで。海外ドラマとかでたまにあるんだけど……、ピクニックみたいに、茣蓙《ござ》を敷いて」

「海外ドラマなら茣蓙じゃないでしょう」

「あと、やっぱり屋外なんだが、クルマの中から映画を観る奴。カーラジオのチューニングを合わせて音声を聞く……、ドライブインシアターっていうんだっけ？」

「いいですね。そのときは是非助手席に乗せてくださいよ。車内なら、おしゃべりしながら映画が観られそうじゃないですか」

なにかと口数の多い扇ちゃんにとって、約二時間ほど黙っていなきゃいけない映画館というのは、実は苦手な空間なのかもしれない——なんだかんだで、僕に合わせてプランニングしてくれたのは本当なのだろう。

いじらしいぜ。

「将来、クルマを運転するようになったら是非体験してみたいけれど、ああいう上映形態って、まだ日本のどこかでやってるのかな？」

普通に『体験』と言ってしまったけれど、かつて映画は『鑑賞』するというより、『体験』するものだったのかもしれない。

「今でもそうでしょう。３Ｄしかり、ＩＭＡＸしかり、４ＤＸしかり……、役者さんによる舞台挨拶もまたしかり。まあ、スマホで新作ドラマが、一クール一気見できる世の中ですから。映画館には映画館ならではの魅力を味わいに来ることになります」

「味わうと言うなら、ポップコーンやコーラを買ったり、かな」

「あ、飲食物は音がしないように気をつけないと顰《ひん》蹙《しゅく》を買いますよ」

「今の図も相当顰蹙を買いそうな画《え》だぜ——マナーも変遷するよな。スマホの電源をエンドロールではまだ入れないでくださいってのも、スマホがなかった頃にはないルールだ」

「携帯電話から自由になりたくて、映画は観に来るものじゃないですか？」

どうなんだろう。いずれ携帯を自由に見ていい上映回、みたいなのも出てきそうだが。作中に登場する用語の意味を調べたり、一緒に観てる観客と感想をリアルタイムで共有したり。機械で解説を聞きながらっていうのは、能や歌舞伎であるんだっけ？

「マナーにも地域差はありますよね。海外じゃ、エンドロールに入ったら大きな拍手が起こったりしますが。名場面でもリアクションは大きいそうです」

「そこは舞台と同じ感覚なのかな？　日本だと笑うのも厳しいみたいなところがある」

マナーの話だし、文化の話だから、気をつけなければ、とんでもない失礼を働いてしまいそうだ。

映画に限らず。

何が正しくて何をするのがいいのかわからない、何が優先され、何を間違ったらいけないのかわからない——そんな新しい世界に出て行く僕には、これは、相応しい追い出しデートなのかもしれなかった。

「さ。映画が始まるようですよ。お口にチャックです」

おしゃべりな彼女に、囁くように言われた——同時に非常灯も消えて、館内は闇に包まれる。その後の上映中、扇ちゃんはマナーを墨守し、二の腕にかかる重みもあってないようなもので、まるでひとりで映画を見に来たみたいな気分になった。

ルールの守りかたがうまくなったものだ。

本当は本当に、ただ映画を観たかっただけなのかもしれない——毛布にくるまるように、今も闇に包まれている彼女の内心を、僕は知らない。

知っているのは、扇ちゃんだけだ。

# そだちペナルティ000

老倉育《おいくらそだち》というのは僕のことを蛇蝎のごとく嫌っている狂気の幼馴染であり、小学生の頃から絶交と対立を繰り返して大学生活にまで至っているのだけれど、極まれに、いやさ頻繁に奇行に走ることでも知られている。後期試験の終わったばかりの日曜日、憎んでも憎み足らない恨み骨髄の僕を、いきなり遊びに誘ってきたのもそのたぐいだろう。

こういうときの対処は明確だ。

決して断ってはならない。たとえ彼女が何を企んでいようと——老倉とは、一緒に奈落の底まで堕ちると誓っている。

ただし今回向かうのは奈落の底ではなく、脱出系のイベントルームだった……、ふたりから参加できる、カップル向けの謎解きである。密室に閉じ込められて、室内からヒントを探し、知略と閃きを駆使し、見事外に出ることを目的としたゲーム……、その十代のうち、何年も引きこもっていた少女が、なぜまだ自ら密室に閉じこもろうとするのか非常に理解に苦しむが、そういうときの対処もまた明確だ。

老倉を理解しようとしてはならない。

彼女は理解を拒む。

「ただ、なんで僕を誘ったのかは知っておきたいんだけど。こういうルームで遊ぶパートナーが欲しかったんなら、友達を誘えばよかったじゃないか」

「私に友達はいないわ。友達を作ると人間強度が下がるもの」

「なんて愚かなことを言っているんだ……、友達は宝だぞ？　そんなことを真顔で言うなんて、どうかしているとしか思えないぜ。何があったらそんな悲しい台詞を言うようになってしまうんだ？」

「死ね」

「ひたぎを誘えばよかったじゃないか。いろいろあったけれど、あいつは友達だろう？」

「それはどうかしらね。私以外に友達のいる友達を、友達と呼んでいいのかどうか」

激重だな……。

己の重力で潰れるんじゃないのか？

そんな奴と密室に閉じ込められたなんて、もしかしてこれは、僕の人生史上、最大のピンチなんじゃないだろうか。

「それに、友達を誘ったんじゃ罰にならないもの」

「罰？　おいおい、お前がこの世に生を受けたことは、決して罪なんかじゃないんだぞ？」

「生まれたことを罪と思うほどまで人生を思い詰めてない。単にこないだの試験で、思った通りの点数が取れなかったというだけよ」

「え？　あんなに勉強してたのに？」

「さらっと傷をえぐるな。そういうところよ、阿良々木」

「僕のそういうところが好きだって？　わかっちゃいたが、正面からちゃんと言われると照れちゃうな」

「照り焼きにしてやろうか。まあ、確かに、あんなに勉強していたのに、よ。目標点が取れなければ阿良々木とデートするという縛りで」

道理で、寝る間も惜しんで勉強していたわけだ。

僕と遊ぶことを罰ゲームに組み込んだことに対しては親愛なる幼馴染として一家言あるが、一方で、吸血鬼体質のお陰でそもそもあんまり寝なくても勉強のできる僕からすると、それを責めることもできない。

「わかったぜ。そういうことなら協力しよう。いち早くこの密室から脱出しよう」

「そういう姿勢でゲームに取り組むのはよくないわ。参加する以上は、真摯に謎に向きあわないと。満遍なく味わうのよ」

真面目と言うか、四角四面と言うか……。そういう考えかたでその生涯を破滅させてしまったというのに。

自分で設定した罰ゲームなんて知らんぷりするくらいのおおらかさがないと、社会に出たあとやっていけないと思うが。

「まあいいか、そのときは、僕が一生養えば」

「なにかすごく怖いこと言った？」

「いや？　さあ、謎解きだ謎解きだ」

この手のゲームは、ミステリー小説以上にネタバレが御法度なので、紙幅の都合もあり詳細は描写できないのだが、確かに老倉の言う通り、真摯に向きあわねば、ヒントを探すことからして簡単ではなかった。

一方で『なんだか解けそう』な難易度であることも見逃せない。それこそ老倉じゃないが、わけのわからん後期試験をどうにかやり過ごしたばかりの大学生としては、挑み甲斐がある。

「しかしなんだろうな……、こういうレベル調整って、いったいどうやってるんだろうな。脱出系のゲームは、それこそスマホだったりでもやったことがあるけれど、ぎりぎり解けたり、ぎりぎり解けなかったり、答が明かされたらもうちょっとで解けたと思えたり……、どうして僕の知能指数を知ってるんだろう。神様もこういう部屋みたいに世界をデザインしてくれていたら、世の中、もっとよくなるのにと思うぜ」

実際の、少なくとも僕達の町の神様は、蛇だったり鬼だったり迷子の子だったり、デザインセンスからはほど遠かったりするのだから、何をかいわんやである。

「お前も疲れるだろう？　ハウマッチ。努力が報われない感じが、一生続くのは」

「一生続いてたまるか。そして誰がハウマッチだ」

「お前も疲れるだろう？　オイラー」

「え？　ああ、まあ、そうね」

チョロ過ぎないか、老倉さん。

動揺したまま、ふわっと同意するな……、将来、その場のノリですさまじく不利な契約を結んでしまいそうだ。

と、本気で心配になりかけたが、何かのバグで正気を取り戻したのか、「努力は報われるわよ」と、数学女子は再度、反論してきた。

「こうしてお前と遊んでいるのも努力の成果よ。お前と向き合うことから逃げなかった、高校生の頃の私の努力の」

「必要な努力だったか？　それ」

「必要よ。でないと一生、負の数の気持ちで過ごすことになるところだった。それは報われない一生よりも、私にとってはつらいものだわ」

「…………」

負の数の気持ちっていうのは、負け犬の気持ちって意味かな？　まあ現実に、あのとき引きこもっていた老倉が奮起してくれたからこそ、僕も幼馴染であると同時にトラウマでもあった老倉に向き合えたと言える。

阿良々木暦の重要な変数を、忘れたままで一生を生きるところだった……、脱出に不可欠な、重要なヒントを見落とすようなものだ。

一年三組の一件があってから、僕はどこか論理的思考を投げ捨てたようなところがあって、あの地獄のような春休み以降にしても、わけのわからん謎をわけのわからん解法で躱してきた感があったけれど……、そういう不毛みたいな努力も、今に繋がっているのかもしれない。

バグはバグでいいものか。

その後、僕と老倉は、およそ六年以上ぶりに協力し合って密室の謎に挑み、制限時間ギリギリで、かろうじて脱出することに成功した……、感想戦によると、それでも解けてなかった謎がいくつかあったそうなので完答ではなかったが、クリアはクリアなのだから敢闘賞としよう。

そう結論づけたのは、妥協と折衷案のなあなあ人生を送る僕だけだったようで、

「完答できるまでは違うゲームに挑み続ける縛りよ」

と、老倉は別のイベントルームへと、首根っこをつかんで僕を連行したのだった……、人生の自転車操業と言うか、現世での地獄巡りと言うか、努力の多重債務者と言うか、自ら望んで破滅への道を歩み続けているようにしか見えないのだが、実のところ、僕はそんな幼馴染のことを。

嫌いと嫌いが嫌いで嫌いの嫌いへ嫌いな嫌いは嫌いを嫌い——じゃ、ないのだった。

# しのぶトゥナイト

## 000

忍野忍は言うまでもなく僕にとって切っても切れない一心同体であり、表裏一体の存在なのだけれど、しかしながら、考えてみれば、この関係性はいささか不公平であるように思う。

一方的とは言わないまでも、搾取的だ。

自分のことばかり考えていた高校生の春休みならまだしも、大学を卒業し、警察官という職に就いた今、振り返ってみると——たとえばこれから僕はアメリカへの長期出張が決まっているのだけれど、僕の影に封じられている忍は、必然、それに同行せざるを得ないのである。

単身赴任は叶わない。

僕の身勝手な、ほとんど思いつきみたいな決断に、忍は問答無用で振り回されることになるのである——そりゃあそんなこと、今に始まったことじゃないのだが、一度気になってしまうと、気にせざるを得ない。

まあアメリカはドーナツの本場なのだからあいつにとってもいい出張なのだと、無理矢理自分を納得させようとしたけれど、なんと調べてみると、ミスタードーナツは現在、あちらにはイリノイ州に一店舗しかないそうである。

なんてこった。

無学な僕にはイリノイ州の正確な位置はまだわからないが、そこが僕の出向先のバージニア州ではないことは間違いない——これは謝って済むようなことではなかったし、それを差し引いても、場合によってはは緊急事態だった。

ミスタードーナツがない土地では、あいつは吸血鬼に先祖返りしてしまうのではないだろうか？　人類を滅ぼしかねない吸血鬼に……、世界の命運は、ゴールデンチョコレートにかかっているというのに。

　というわけで僕は、アメリカへ出立する前夜となる日曜日の夜、最寄りのミスタードーナツで、店内にあるドーナツを買えるだけ買い込んで持ち帰り、忍の前にずらりと並べたのだった。

　どうだ、これが大人の経済力だぜ。

　きっと跳ね回って喜ぶに違いないと期待していたけれど、

「な、なんかあれじゃな――さすがにこの分量になると、『芋粥』みたいじゃな」

　と、幼女はちょっと引いていた。

　すっかり日本文学にも造詣が深くなってしまって……、僕が高校生の頃、ガラスケースの中にあるドーナツを全部食べたいとこの幼女が言っていたのを覚えていたので、全部とは言わないまでも全種類、こうして揃えてみたのだけれど。

「心遣いは嬉しいし、もちろんいただくがの。しかしあまりがつがつ、一気に食べるのは作り手に失礼という気もする」

「どこに行ったんだよ、あの暴飲暴食の吸血鬼は」

　この分じゃ、先祖返りするかもしれないなんて恐れは、まったく必要がなかったか。

「かと言って、全種類コンプリートは儂の夢でもある」

「夢だったんだ」

「一晩でも置けば風味は落ちるし、冷凍して持って行くわけにもいくまい。よし、我があるじ様よ。すべてのドーナツを半分こしようではないか」

　そう言って忍は（腹の中から）日本刀を取り出した――かつてあらゆる怪異を両断し、己の糧としてきた妖刀『心渡』――かと思ったが、パン切り包丁だった。

　時代に即したマイルドな演出である。

　正直言って、半分こしても相当な量だし、僕もう十代ではないので、ここまで甘いものを大量に食べるのは胃が（嬉しい）悲鳴を上げそうなのだけれど——どうしよう、食べ盛りの妹でも呼んでこようか？

いや、日本最後の夜だ。

今晩ばかりは忍とふたりで過ごしたい。

まあ胃が（嬉しい）悲鳴を上げるというのも気分の問題であって、僕も僕でそれなりに吸血鬼体質を、いい具合に維持しているがゆえに、内臓はずっと十代みたいなものである——多少ならば忍の夢に付き合うことはできるだろう。

「せい！」

そんなかけ声と共に、忍はドーナツを次々と真っ二つにしていくのだった——てっきり半円ずつに切り分けるのかと思っていたら、縦に切ると言ったらいいのか横に切ると言ったらいいのか、さながら金太郎飴を切るかのごとく、ふたつの円が生じる形に切るのだった。

ただでさえ大量のドーナツが、倍に増えたようにすら見える——バイバインを使ったときののび太くんって、こんな気持ちか？

つまりエンゼルフレンチだったりは、クリームを切る形になるのだが……、どうやら意地でも円環の形状は崩したくないらしい。

意地と言うか、食い意地と言うか。

「かかっ。よし。では食するとしよう。同じものを同じ順番で食べるのじゃ」

「こだわりのルール……」

怪異払いの儀式みたい。

さすが伝説の妖刀を模したパン切り包丁と言うべきか、両断したことで風味が落ちるということはないようだ——『環渡《かんわたり》』とでも言うべきか。

「で、お前様よ。相変わらず、あれこれうだうだ気に病んでおるようじゃが、儂らの間にそんな懊悩《おうのう》は不要じゃぞ」

と。

おおむねぺろりとたいらげたあとで、今更のように忍が言ってきた。最初に言えよみたいなことを。

「元々儂は海外由来の怪異じゃからの。こうして数年、日本で過ごしたことのほうが、儂にとってはイレギュラーな留学みたいなもんじゃ。アメリカ大陸にもそんなに長居したことはないが——それゆえに楽しみでもあるくらいじゃよ」

「なんだ。お見通しだな」

「一心同体じゃからの」

ゆえにお前様の結論は儂の結論みたいなもんじゃ——と言う。

そういうおおらかさに随分甘えてきたところがあるからこその前夜祭だったのだが、この相棒は、僕が思うよりも尊大なようである。

一心同体でありつつ、まだ理解しきってはいない。

「ふん。思えばお前様とも、随分と長い付き合いになったもんじゃ」

「そうか？　そりゃ僕からすれば十七歳の春からずっとだから、まあまあな年数だけれど、六百年生きているお前にしてみれば、わずか数年なんて、昨日みたいなものだろうに」

「そうして迎えた今日だから言うが、お前様はどうせすぐに音を上げると思っとった」

「おいおい」

「いやマジでの。儂の面倒を見ながらの人生など、二ヵ月も持たんじゃろうとたかをくくっておったし、持って半年じゃと思うとった」

ふうむ。

そんな風に思っていたというのが意外だったが、しかし当時を振り返ってみれば、結構現実的な読みであるようでもある……、忍野メメという専門家と結んだあの契約は、地獄のような春休みにおける、およそ衝動的な決断だった。

未熟な僕が、ひっくり返すことは十分ありえた。未成年の契約は無効だとか言い張って。

「儂のほうこそお前様の人生をねじ曲げたと思って

おるしの。出張くらい、いくらでも付き合うわい。地球上のどこであろうと、お前様の影が儂の棺じゃ。お前様が生きておる限りはの」

そう言って欠伸をし、言葉の通り、忍は僕の影に潜る——吸血鬼ゆえの夜型生活も、なんだか最近は乱れがちだ。

そんな相棒に、僕は久しぶりに、あの言葉をかける。いい加減な僕でも、百年後も変わらず同じことを言っていたいと思う、あの言葉を。

お前が明日死ぬのなら僕の命は明日まででいい——お前が今日を生きてくれるなら、僕もまた、今日を生きていこう。

# なでこパスト
# 000

「なんだかずっと、過去の自分と戦っている気がしてならないんだよね。とっくに死んでいて触れることもできない、触れたくもない亡霊のような、透けて見える過去の自分と」

千石撫子はソファの上に仰向けになって、おへその辺りで手を揃えて、そう言った——行儀悪く寝転んでいるわけではなく、元々、その姿勢で使用することを想定されたデザインのソファだ。僕、斧乃木余接はと言えば、そんなソファのそばで、あるいはそんな千石撫子のそばで、回転椅子に座って、クリップボードに挟まれたカルテにすらすらとメモを取っている。

要するにカウンセラーごっこをして遊んでいる。観察対象である千石撫子からヒアリングをおこなうのは専門家として当然と言うこともできるが、当然のことならば言わなくてもいい。

「過去の自分。お前がアホだった頃のエピソードだっけ?」

「アホとか言わないで。それを言ったら、今だって別に頭よくなってないし。むしろ学校に行かなくなったから、どんどん頭悪くなっていってる感覚がある」

「学校は頭をよくする場所じゃないよ」

「そう言ってもらえると」

「学校は人生をよくする場所だ」

「最悪だね」

思えば僕は感情のない怪異である。カウンセリングなんて、この世でもっとも向いていない仕事だった。あの世でも向いていないかもしれない。

人の心など、僕にとっては暗闇だ。

誰にとってもそうかも。

「要は前髪が長くて可愛かった、ちやほやされてた頃のお前と比べられてコンプレックスだって言いたいんだろ？」

「わかってるんじゃない」

「どんなに努力して、研鑽を積んで、自分を変えようと務めて一生懸命頑張っても、所詮、何もしなくてもただそこにいるだけで甘やかしてもらえていた頃の自分を越えられないって言いたいんだろ？」

「いや、そこまで言いたくはないし、そこまで言われると、儚い過去の自分を守りたくもなる。あの頃の私も、あの頃の私なりに必死だっただろうことはわかってるし？」

「『私』なんて気取った言いかたはせず、自分で自分を下の名前で連呼していた時代だっけ」

「連呼はしていない」

うーんうーんと、千石撫子はソファの上で唸《うな》った
――魘《うな》されている。それこそ、退行催眠でもかけられているかのごとく、過去の辛い記憶と向き合っているのだろうか。

辛いと言うより、痛い記憶。

僕は痛みも知らないが。

「僕は周囲の影響を受けやすいだけで、根本的に変化のない死体だから、理解しがたい感情ではあるけれど、そうやって自分の過去に向き合うのは別に悪いことじゃないんじゃないの？」

「自分の過去に向き合うんじゃなくて、過去の自分に向き合うのがしんどいんだよ」

「それ、どういうレトリックだい？」

「亡霊は言い過ぎかもしれないけれど、過去の自分って、もう自分の中にはまったく存在しないのに、でも周りから見れば、そっちのほうが確固たる私なんだろうなって意味。透けて見えるのは私のほうで、私を透かして、初期の私を見ている」

固定されたイメージ。

それこそ妖怪変化《ようかいへんげ》の無変化《むへんか》だ——日によって調子の違う吸血鬼なんて、聞いたことがないものな。

夜によってか。

満月と新月でコンディションが変わるというのはあるかもしれない。ただ、太陽が苦手なら新月より満月のほうが辛いはずなのに。

「けれど、対象に恒常性を求めるのは人の業だろう。過去の自分と現在の自分を切り離す行為は、端《はた》から見れば、キャラがぶれていると言うんだよ」

「成長をするなって言うの？」

「まさか。僕からすれば老化ですら羨ましい」

嘘をついたつもりはなかったが、しかしこれは真実ではなかった。なぜなら『羨ましい』という感情も、僕にはないからだ。『羨ましい』は、『かくありたい』にも通じるわけで、つまり変身願望にも近いだろう。

そんなものが僕にあるはずがない。

魔法少女じゃあるまいし。


「とは言え、お前だって、憧れの暦お兄ちゃんには、昔のままでいてほしかったんじゃないのかい？　ずっと同じ人間でいてほしかったんじゃないのかい？」

皮肉にもその願望は叶っていると言えなくもない。半ば吸血鬼化したあの男は人にあるまじき恒常性を保っている——実のところ、それはわけのわからない頑固さにも通じてしまっていて、主張を曲げることができないという困った副作用を生んでいるというのが、専門家としての僕の見立てではあるが。

「どうかな。少なくとも、再会したとき、私の成長を見てほしかったって気持ちはあったかも」

「けれどあの朴念仁《ぼくねんじん》が見ていたのは、結局、小学生の頃のお前でしかなかった。お前の中に恋愛感情はおろか、嫉妬や怒り、怠惰や小賢しさという、当たり前の醜い感情すら見いださなかった」

まあ、鬼のお兄ちゃんに同情すべき点がわずかながらあるとすれば、誰しも、初対面のときの第一印象というのは、なかなか変えづらいという点だ。どこまで行っても、鬼のお兄ちゃんにとって千石撫子は『妹の友達』でしかなかった——一度ついたイメージを変えることはとかくに難しい。開封禁止のシールみたいに、剝がせたとしても痕跡の残るレッテルだ。

「そうだね。前言撤回じゃないけれど、私も私で、逆にあの人の前じゃ、必要以上に過去の自分を演じてしまった節はあるよ。憑依されていたって言うか——」

「だったらそのとき、お前のどろどろの内面を前面に出していたら、朴念仁を虜にできていたのかと言えば、そんなことはまったくないだろう。基本的にお前は、過去に取り憑かれて、幼さを演出することで、得をしていたんだと思うよ」

「わかってる。でも、過去の栄光で得をするって、なんだか違くない？　そんなの、今の私は、小学生の私に養われてるようなものじゃない」

「憑依ならともかく扶養はつらいね。しかしそんな風に、過去の自分を越えられていないからこその劣等感でしょ。ただ、『昔はよかった』って感覚が大抵の場合ノスタルジィめいた錯覚だってのは確かだけれど、リニューアルやバージョンアップが、必ずしもいい方向へのベクトルになるとは限らないんだから。あるでしょ、お前にだって。うまくなる前の初期の絵のほうが好きだった漫画作品とか」

「あるわー」

千石撫子は天を仰いだ——と言いたいところだが、最初から仰向けの姿勢だった。

「私は自分がされて嫌なことを、尊敬する先生方にしているんだね。そう思うとろくなもんじゃない、今の私は。過去の私の漫画の読みかたは可愛かった。漫画っていうだけで楽しめた」

「あと、最新作じゃなくて七年前の小説がアニメ化されたりもするでしょ？」

「やめときなさいよ」

「昔に戻りたいかい？」

ない。

「昔の自分に戻れるなら戻りたいかい？　もしかすると僕にはその力があるかもしれないよ」

「はい？」

そんな時間を逆行するような能力は――かつて旧ハートアンダーブレードがタイムスリップしていたけれど、あれとて、今の自分が過去に戻るという遊びだったはずだ。

「人生をやり直せるなら何歳からがいい？　って心理テストだよ。お前の全盛期が中二だと言うならその頃なのか、それとも小二なのか。生まれる前の前世まで戻りたいか、それとも生まれたくないか」

「難しい問いだね。哲学だ」

「雑談だよ。大抵の人間にとって、全盛期は中二だろうし」

「遡るんじゃなくて、スキップしたいっていう願望はある。四十歳くらいに。もう人生、新しいことは何もないって年齢に」

「あるよ。四十路《よそじ》だったらぜんぜん。百年生きた死体の憑喪神にもある。六百年生きた吸血鬼なら、まあ、ないかも」

「じゃあ六百歳までスキップしたい」

「でも六百歳になったら、『十五歳の頃はよかったな、あの頃の自分は輝いていたな』って思うんじゃない？」

「ふむ」

軽口を叩いただけのつもりだったが、千石撫子はおへその辺りで揃えていた手を腕組みに変えて、

「未来の私から見たら、現在の私も過去の私も一緒くたか」

と言った。

「変わったつもりでいても大同小異。大きな経験を乗り越えて成長したつもりだろうと、前後で平均が取られちゃうってことだね」

過去の私は敵じゃなくて。

光が一瞬遅れて反射した、鏡みたいなものなんだ。

勝手に結論を見つけたようだが、それは意外と的を外していないかもしれない――つまり、鏡とは、化粧をしたり歯を磨いたり、身だしなみを整えたりする際に、必要不可欠なものだから。

それをせずして現在は変えられない。

過去を変えたいと思っているうちは、成長はない。変えるべきは、やはり現在の自分だ。

変わりたいのなら。

戦っている気がすると言うのであれば、目指すべきは、決着ではなく融和なのだ。

「逆に言うと、過去の自分を亡霊に感じるということは、現在のお前は、ちゃんと変わっているということなんだろう。よくも悪くも」

「悪かったら駄目でしょ」

「悪くてもいいんだよ」

安かろうと悪かろうと。

過去を加工するよりは、現在が健在な証なのだから。

# しのぶフューチャー

# 000

「長生きしても未来になんぞなんの希望もないような気がしてきたのじゃ。もう儂の人生に、キラキラした素敵な出来事は一切起きないのではないじゃろうか」

ソファでうつ伏せにぐてーっと横たわった旧キスショット・アセロラオリオン・ハートアンダーブレード――元鉄血にして元熱血にして元冷血の元吸血鬼こと、鬼のお兄ちゃんが言うところの忍野忍は、そんな悩みを僕に吐露した。

いや、乗り越えたはずだろ。

お前はその、うだうだした悩みを。

「そもそも人生じゃないだろ。お前の六百年は人の生じゃなくて妖怪の死だろ」

「誰の六百年が妖怪の死じゃ」

まあ殺されたようなもんじゃが。

我があるじ様に。

と、旧ハートアンダーブレードは言った。

つまりこいつは、その妖怪の死があってこそ生かされているようなものなので、皮肉ではあるのだけれど。

「こういうのは定期的にカウンセリングを受けんとの。結局、揺り戻しはあるわけじゃし」

「マジでご老人の繰り言を聞いている気分だよ。カウンセリングルームじゃなく、縁側《えんがわ》で聞きたい話だ。実際、六百年も生きていれば、大抵の事象は経験済みってことになるんだろうけれど――」

しかし、技術の発展には、常に驚かされるんじゃないだろうか？　電球、テレビ、携帯電話――宇宙船。

兵器なんかもそうか。

これまでの歴史がすべて過去になるような、とんでもないブレイクスルーは定期的に登場する——僕が生きた（死んだ）、ここ百年でもそうだろう。

めくるめく未来。

めまぐるしく。

「思い出せよ、旧ハートアンダーブレード。すべてを知っているような顔をしても、紙が発明されたときはびっくりしただろう？」

「そこまで長生きしとらんわ。しかし、儂から見ればまだまだひよっこと言えど、さすが不死身の怪異じゃ。うぬの言うことは正しい」

「そうやって褒められると、なるほど、お前も老いたなって思う」

「やかましいわ。じゃからのう、死体人形よ。その、定期的に特異点が生じるということ自体、もう慣れっこじゃということじゃよ。世界をひっくり返すような大発明など、儂にとってはあるあるでしかない。はいはいそのパターンねと、簡単に分類できてしまう」

「お前が大発明をしているわけじゃないだろうに」

普遍は不変ということか。

逆に言うと、変化を感じられなくなるということは、未来を感じられなくなるということなのかもしれない。まあ、どんな大発明も、本人達にしてみれば、連綿と続く歴史の継承でしかないからな。実のところ、新しさなんてどこにもない——どれだけ磨くかだ。

キラキラに。あるいはピカピカに。

「同様に、変わらないのは未来じゃなくて、お前自身なんじゃないのかい？　くすんだお前がお前自身を磨こうとしなければ、そりゃあ未来は研磨されないだろう」

「確かに！」

納得されても困るな。

別にお前の胸を打とうとは思っていない。

本当、可愛くなったもんだ。

「長生きするということは、摩擦を避ける方法を覚えるということでもある。儂はヤスリのかけかたを忘れておったのか」

「昔はお前自身がヤスリみたいな存在だったし、摩擦の摩と研磨の磨は違う字だけどな」

「同じ字でも表記できるのじゃ。うぬと違って儂は長生きじゃから知っておる」

「摩擦を避けろよ」

「変わったつもりでおっても、結局は同じことを繰り返しておったりもするしのう。三つ子の魂六百までと言ったところじゃ」

「退行と言うより先祖返り。六百年も経つと、刺激に慣れてしまうのか、それとも刺激に鈍《にぶ》くなってしまうのか、微妙なところだね。お前より長生きしている植物ならあるだろうけれど。千年杉とか」

そう言えば、旧ハートアンダーブレードの眷属であるところの鬼のお兄ちゃんは、かつて、植物になりたいとほざいていた。毎日が驚きと発見に満ちている十代の若者が言いそうなことではある――否応なく変化を強いられる十代の若者が。

悟ったようなことを言っているようで、刺激に耐えきれない繊細さを告白しているとも言える。

「お前もパニックを恐れ、自分の殻に閉じこもってるだけなのかもしれないね。未来なんて変えようと思えばいくらでも変えられるだろう。少なくとも、悪いほうになら」

「悪いほうに変えてどうするんじゃ」

「悪くてもいいんだよ」

ん？

なんか、誰かさんのときと同じ結論になりつつあるか？　まったく別の話をしているはずだったのに。

「神様としてあがめられたり南極で暮らしたりしたお前でも、実はやってないことだらけだろう。この世にある本、全部読んだか？」

「本なんて何を読んでもだいたい同じじゃ」

「ふざけんなよ」

まあ、数が膨大になれば膨大になるほど、平均化されていくのも事実である。玉石混交は、宝石と石ころの価値を等しくする。

要はサンプルが多いってことだから。

「ただ、さっきの新発明のくだりとは逆の論調になるけれど、見たり聞いたり味わったりするものが、同じようにしか感じられないっていうのは、結局、よく知らないからだとも言えない？　それを専門分野とする者にとっては、百匹の金魚でもそれぞれ区別がつくって言うぞ」

若者にとっては伝統芸能がすべて同じに見えて、老人にとってはサブカルが総じて似たように見える。

「久しぶりに友達に再会したときに『ぜんぜん変わらないな』って言われたとして、それは本当に変わっていないんじゃなくて、その間の変化を友達が知らないだけっていう断絶を示しているのかもしれない。まあ、お前に友達はいないが」

「やかましいわ。おるわ、友達くらい」

「ほう。興味深い」

「うぬがそうじゃ」

「その未来こそ予想外だよ。僕はお前に殺されかけてるんだから」

まさかソファに横たわる怪異の王の、益体もない悩みをカウンセリングする未来があるとは思いもしなかった。

仰る通り、旧ハートアンダーブレードの六分の一とは言え、僕も長生きしているほうではあるが——かように未来が不確定なことは保証できる。

もっとも、これだって不死身の怪異の専門家として、あるべき平和的な姿のヴァリエーションと、言えなくはないか。

所詮は言いよう。

解釈の気休めだ。

「そんな風にソフィスティケートされていくから、過去よりも未来がつまらなく感じるという思考実験も可能そうだね」

「ん？　どういう意味じゃ？　研磨され過ぎて、もうこれ以上削れないということか？」

「本の話で言えば、昔の本って結構滅茶苦茶じゃない。千石撫子に言わせれば、それがいいってことになるんだろうけれど、起承転結もなければジャンルの区別さえなかったり。それに比べれば、現代の本には、洗練されたフォーマットがある」

「センゴクナデコって誰じゃ」

「ふー」

「ナデシコではないのか？」

「新鮮な反応。一周して新しい」

「そしてフォーマットが成立した瞬間に、未来は固定されてしまわんか？」

「洗練の極致とも言える五・七・五・七・七のようにかい？　まあ、昔は戦争も荒っぽかった。鈍器を手に雄叫びをあげていた。今は空調の効いた部屋から優雅にドローンを操作して、安全に攻撃できる」

「荒っぽいままじゃろ。そういうことを言っておるんじゃよ。洗練されたようで、本質は変わっておらん」

「吸血鬼だと思っていたら狂犬病だったっていうのも一種のソフィスティケートだし、軟着陸だよね。世界が理解不能の魑魅魍魎に満ちていたわくわくどきどきの時代を知っていると、コンプライアンスに支配された現代は、随分しょーもなく見えることだろう。可哀想に」

「勝手なことを言って勝手な同情をするな。コンプライアンスとか言い出したら、ソフィスティケートされるのは過去でも未来でもなく儂なんじゃ」

「それを言うと僕も決して安全圏にはいないんだけれどね。童女の死体人形だから」

そのうち、妖怪変化自体、過去の遺物でしかなくなるのかもしれない——過去の異物でしか。

いや、もうなっているか。

少なくとも、子供が描く未来予想図のイラストに、妖怪の棲家《すみか》はない。

「お前の眷属にしても、四百年前に作った初代と、現代の二代目を比べれば、だいぶおとなしくなった。二代目しか知らないと無軌道なアホに見えるけれど、初代の荒くれ具合と比べたらものの数ではないもんね」

「なるほどの。そう言われると、昔はよかったとは、単純には言えんわ」

　刺激がない穏やかな生活が、今の儂にとっては刺激的なのかもしれんのう——と、伝説の怪異は、えらく枯れたことを言うのだった。枝も根も伸ばすことのない、植物のように。

　だから、生でも活でもなかろうに。

　死であり滅であろうのに。

「まあ、昔の本が滅茶苦茶なのは、単純に、当時は遡っての書き直しが難しかったからっていうのもあるんだけどね。紙自体、とても貴重だったし」

「かかっ。ならばせいぜい長生きして、人生を書き直せるアプリの発明でも待とうかの」

　そう遠い日でもなさそうだ。

　今しているこんな会話も、未来から慎重に、書き直された過去なのかもね。

ひたぎブッフェ
まよいルーム
するがコート
なでこプール
つばさソング
『化物語アニメコンプリートガイドブック』

ひたぎネック
かれんアームレッグ
つきひエターナル
しのぶハウス
『偽物語アニメコンプリートガイドブック』

つばさボード
読売新聞 2013年7月6日

まよいキャッスル
読売新聞 2013年8月17日

ひたぎコイン
『化物語[入門編]』

なでこミラー
読売新聞 2013年9月21日

しのぶサイエンス
読売新聞 2013年10月26日

ひたぎフィギュア
『「化物語」PremiumアイテムBOX』

ひたぎサラマンダー
読売新聞 2013年11月23日

ひたぎスローイング
『アニメ〈物語〉シリーズヒロイン本 其ノ伍 戦場ヶ原ひたぎ』

するがパレス
「鬼物語」第一巻/しのぶタイム(上)
完全生産限定版Blu-ray・DVD別冊ブックレット
「〈物語〉シリーズセカンドシーズン新聞広告全集(上)」

# 初出

よつぎフューチャー
おうぎトラベル
「鬼物語」第二巻/しのぶタイム(下)
完全生産限定版Blu-ray・DVD別冊ブックレット
「〈物語〉シリーズセカンドシーズン新聞広告全集(下)」

するがニート
読売新聞 2014年8月16日

ろうかゴッド
『アニメ〈物語〉シリーズヒロイン本 其ノ陸 神原駿河』

しのぶフィギュア
『「偽物語」PremiumアイテムBOX』

かれんブラッシング
つきひブラッシング
『アニメ〈物語〉シリーズヒロイン本 其ノ漆 ファイヤーシスターズ』

こよみヒストリー
『MADOGATARI展 図録』

よつぎストレス
『アニメ〈物語〉シリーズヒロイン本 其ノ捌 斧乃木余接』

人として
どうかして
そして
『映画「傷物語」ビジュアルブックPART2』

どうして
『西尾維新祭2016 SPECIAL FANBOOK』

心して
『映画「傷物語」COMPLETE GUIDE BOOK』

まよいウェルカム
『西尾維新の挑戦状』

よつぎスノードーム
おうぎロードムービー
そだちペナルティ
しのぶトゥナイト
書き下ろし

なでこパスト
しのぶフューチャー
〈物語〉シリーズ オフ&モンスターシーズン 公式WEBサイト

## 著者紹介

### 西尾維新《にしおいしん》

1981年生まれ。第23回メフィスト賞受賞作『クビキリサイクル』（講談社ノベルス）で2002年デビュー。同作に始まる「戯言《ざれごと》シリーズ」、初のアニメ化作品となった『化物語』（講談社BOX）に始まる〈物語〉シリーズなど、著作多数。

**Illustration**

### VOFAN《ヴォーファン》

1980年生まれ。代表作に詩画集『Colorful Dreams』シリーズ（台湾・全力出版）がある。台湾版『ファミ通』で表紙を担当。2005年冬『ファウスト Vol.6』（講談社）で日本デビュー。2006年より本作〈物語〉シリーズのイラストを担当。

協力／AMANN CO., LTD.・全力出版


講談社BOX

KODANSHA BOX

短物語《ミジカナモノガタリ》

定価はケースに表示してあります

2024年9月9日 第1刷発行

著者 —— 西尾維新《にしおいしん》



発行者 — 森田浩章

発行所 — 株式会社講談社
東京都文京区音羽2-12-21 郵便番号 112-8001
編集 03-5395-3506
販売 03-5395-5817
業務 03-5395-3615

KODANSHA

印刷所 — TOPPAN株式会社

製本所 — 株式会社若林製本工場

製函所 — 株式会社ナルシマ

ISBN978-4-06-536177-1 N.D.C.913 256p 19cm

@BKMNGTR_IxI

#化物語 #漫画化物語

特設サイト https://shonenmagazine.com/special_page/bakemonogatari

週刊少年マガジン KC DX／講談社キャラクターズA

KODANSHA

には西尾維新書き下ろし短々編収録ほか特典多数！